A borra do café

Mario Benedetti

A borra do café

TRADUÇÃO
Joana Angélica d'Avila Melo

Copyright © 2 Fundación Mario Benedetti
c/o Guillermo Schavelzon & Asoc. Agencia Literaria
www.schavelzon.com
Todos os direitos reservados

*Grafia atualizada segundo o Acordo Ortográfico da Língua Portuguesa de 1990,
que entrou em vigor no Brasil em 2009.*

Título original
La borra del café

Capa
Andrea Vilela de Almeida

Imagens de capa
Latinstock/Millenium Images
©agapi/Shutterstock

Revisão
Juliana Santana
Raquel Correa
Ana Grillo

CIP-Brasil. Catalogação na fonte.
Sindicato Nacional dos Editores de Livros, RJ

B398b
    Benedetti, Mario
        A borra do café / Mario Benedetti ; tradução de Joana Angélica d'Avila Melo. — 1ª ed. — Rio de Janeiro : Objetiva, 2012.

        192 p.
        Título original: La borra del café.
        ISBN 978-85-7962-146-8

        1. Romance uruguaio I. Melo, Joana Angélica d'Avila. II. Título.

12-3868   CDD: 868.993953
                          CDU: 821.134.2(899)-3

1ª reimpressão

[2020]
Todos os direitos desta edição reservados à
EDITORA SCHWARCZ S.A.
Praça Floriano, 19, sala 3001 — Cinelândia
20031-050 — Rio de Janeiro — RJ
Telefone: (21) 3993-7510
www.companhiadasletras.com.br
www.blogdacompanhia.com.br
facebook.com/editora.alfaguara
instagram.com/editora_alfaguara
twitter.com/alfaguara_br

A borra do café

Aos meus tradutores, que tiveram a paciência e a arte de reconstituir a fala e os silêncios dos meus montevideanos em mais de vinte idiomas.

*Para onde vão as névoas, a borra do café,
os almanaques de outros tempos?*
JULIO CORTÁZAR

Nada é mentira. Basta um pouco de fé, e tudo é real.
LOUIS JOUVET
(no filme *Entrée des Artistes*)

estamos livres como crianças, iminentes para o duradouro
MILTON SCHINCA

Sumário

As mudanças	13
Primeiros socorros	17
Aquele naufrágio	19
Um parque para nós	21
O dirigível e o Dândi	23
Prós e contras da ousadia	31
Um espaço próprio	33
Sonhar em cores	37
Os de Galarza	41
Safári no Centro	43
Más notícias	47
A menina da figueira (1)	49
Adeus e nunca	51
Juliska fala castelhano	55
Festa no bairro	59
O Parque estava deserto	63
Até a vista	67
Incompatibilidades	71
A boa convivência	73
Gente que passa	77
As iniciais	83
Meu segundo *Graf*	85

Pobre pecador	89
Hoje, estreia imperdível!	91
Espaldeirada	97
A menina da figueira (2)	101
Bem-vinda Sonia	107
As três e dez	111
O sulco do desejo	113
Mulher do aquém	117
Para que falar? (Fragmento dos Rascunhos do velho)	121
As constâncias do viúvo	123
Pés em poeira cor-de-rosa	125
Vozes longínquas	129
Nem sempre é assim	135
Outra vez Mateo	139
Um milagre	143
O capital é outra coisa	145
Juliska fica triste	149
Pretérito imperfeito	151
A antiga mais nova	155
Primeiro subsolo (Fragmento dos Rascunhos do velho)	157
Jogo feito!	161
Toda essa grana	169
Esse pouco de equilíbrio	173
Minha Nagasaki	177
Frittatine ai quattro sapori	179
A borra do café	183

As mudanças

Minha família estava sempre se mudando. Ao menos, até onde me lembro. Quero esclarecer, entretanto, que as mudanças não resultavam de despejos por falta de pagamento, e sim de outros motivos, talvez mais absurdos, porém menos vergonhosos. Confesso que, para mim, essa repetida azáfama de abrir e fechar caixotes, baús, malas e grandes caixas significava uma diversão. Tudo voltava a ser acomodado nos armários, nas estantes, nos guarda-roupas, nas gavetas, ainda que boa parte das coisas (nem sempre as mesmas) permanecesse nos cofres e baús. A nova casa (nunca éramos proprietários, mas sempre inquilinos) adquiria em poucos dias o aspecto de morada quase definitiva, ou pelo menos de pouso estável, e penso que meus pais acreditavam sinceramente nisso, mas, antes que se passasse um ano, minha mãe e/ou meu pai, nunca os dois ao mesmo tempo, começavam a semear comentários (no início sutis, mas depois cada vez mais explícitos) que no fundo eram propostas de uma nova mudança. Em geral, as razões invocadas por meu pai eram a falta de sol, a umidade das paredes, os corredores muito estreitos, o alvoroço exterior, os vizinhos xeretas etc. As alegadas por minha mãe eram mais variadas, mas, normalmente, na lista figuravam motivos como excesso de sol, secura do ambiente, espaços internos amplos demais, falta de comunicação com os vizinhos, ruas sem movimento etc. Por outro lado, meu pai gostava da tranquilidade dos bairros periféricos, ao passo que minha mãe preferia a agitação do Centro.

Não se assustem. Não vou contar a vocês toda a história das minhas casas, mas só a partir daquelas em que me aconteceram coisas importantes (ou, como disse o poeta, num rasgo de genial breguice, *"cosas chicas para el mundo / pero grandes para mí"*).* Nasci em uma casa (dois andares) da Justicia com a Nueva Palmira, na qual, excepcionalmente, moramos três anos. Tenho poucas lembranças dela, exceto que havia uma claraboia particularmente ruidosa quando era aberta ou fechada, algo que não acontecia com frequência porque o puxador, situado na parede do pátio, era duríssimo e só funcionava mediante o esforço combinado de duas pessoas suficientemente robustas. Além disso, nos dias de chuva o bendito puxador dava uns terríveis coices de corrente elétrica, de modo que aquela claraboia só podia ser aberta ou fechada em tempo seco.

Mais tarde, sem sair do bairro, nos mudamos para a rua Inca com Lima. Ali, o mais memorável era a descarga, pois quando alguém puxava a correntinha, a água, em vez de cumprir sua função higiênica na privada, jorrava torrencialmente da caixa, encharcando não só o infortunado usuário como também todo o piso de ladrilhos verdes. Depois fomos para a Joaquín Requena com Miguelete, onde havia mais barulho de rua, mas a descarga funcionava bem e não era necessário fazer as necessidades usando impermeável e chapéu. Dessa casa, bem mais modesta do que as anteriores, só merece ser evocada uma vitrola, na qual minha mãe, quando meu pai estava ausente, colocava um disco de aulas de ginástica que sempre se iniciava com uma voz muito castiça: "Atenção! Proooontos? Vamos começaaaar!" E minha mãe, obediente, começava. Eu, que já andava pelos cinco anos e meio, sentia grande admiração quando ela se deitava no solo e levantava as pernas ou ficava de cócoras e estirava os braços, ocasiões em que costumava despencar para um lado, mas eu achava que isso também era ordenado pelo galego do disco. (Devo esclarecer que só pude identificar o sotaque daquele animador muitos anos depois, concretamente numa tarde em que achei aquela relíquia de 78 rpm num baú e voltei a escutá-la num toca-discos). De todo

---

* Versos de *Mi Tapera*, poema do uruguaio Elias Regules (1861-1929). (N. da T.)

modo, eu aplaudia minha mãe, empolgado, e ela, quando terminava a lição oral, em reconhecimento à minha compreensão e ao meu estímulo, me erguia nos braços e me dava um beijo, mais sonoro porém menos agradável do que outros beijos maternos, já que, como era previsível depois de tanto exercício, estava terrivelmente suada.

A moradia seguinte (mais modesta ainda) foi na Hocquart com Juan Paullier. Situava-se a somente quatro quadras da anterior, de modo que não foi fácil conseguir um caminhão que aceitasse se encarregar de uma mudança de tão curto percurso, algo que ao meu pai, com toda a razão, parecia absurdo, já que a trabalheira de carga e descarga seria a mesma se a distância fosse de quinze quilômetros. Por fim apareceu um caminhoneiro que, graças a uma boa gorjeta, aceitou um deslocamento tão pouco tradicional, mas o mau humor dele e de seus ajudantes foi tão óbvio que ninguém se surpreendeu que um guarda-roupa perdesse todos os pés menos um, e um espelho se quebrasse em duas luas: uma minguante e outra crescente. No novo domicílio ficamos um pouco apertados e quase sempre comíamos na cozinha. O melhor da casa era o terraço, que virtualmente se comunicava com o do vizinho, e onde havia um cachorro enorme, que me parecia feroz e que se tornou meu primeiro inimigo. Para piorar, nas poucas vezes em que eu subia, o pobre animal rosnava quase por obrigação, mas tão logo percebi que ele estava preso por uma corrente, eu também, no primeiro sinal de covardia de que me lembro, decidi rosnar para ele, e devo admitir que minha fanfarronice, embora fosse apenas uma caricatura, não contribuiu para melhorar nossas já deterioradas relações.

Houve mais casas naqueles tempos. Sempre nas mesmas áreas: Nicaragua com Cufré, Constitución com Goes, Porongos com Pedernal. Àquela altura, as mudanças de domicílio já obedeciam a uma obsessão corporativa. Tinham passado da categoria de pesadelo à de sonho bom. Sempre que uma nova residência aparecia no horizonte, passava a ser, com suas luzes e suas sombras, uma utopia, e, quando por fim transpúnhamos o novo umbral, aquilo era como entrar nos

Campos Elísios. Claro, a fase celestial caducava bem depressa, quando, por exemplo, um pedaço do forro de gesso caía sobre nossos *cappelletti alla carusso* ou uma disciplinada vanguarda de baratas invadia a cozinha em passos ritmados, em meio aos gritos histéricos de minha mãe. Mesmo assim, o fato de que um mito se desvanecesse na névoa de nossas frustrações não impedia que todos começássemos a colaborar em um novo rascunho de utopia.

Primeiros socorros

O fato é que a primeira casa relevante foi, ao menos para mim e nem sempre por boas razões, a da rua Capurro. Em primeiro lugar, ali nasceu minha irmã; em segundo, meu velho mudou de emprego e isso resultou num considerável aumento de sua renda; em terceiro e último, adoeci com alguma gravidade e o médico me proibiu de frequentar o colégio. A convalescença foi interminável, mas, passados os primeiros meses, o velho contratou uma professora particular que, três vezes por semana, dedicava quatro horas diárias à minha (deformada) formação.

Chamava-se Antonia Vico. Recordo o sobrenome porque rimava com *abanico*, e este era um artefato que ela usava nas quatro estações. Embora a coitada estivesse sempre encalorada, minha mãe nunca lhe oferecia o ventilador, pois, em minha condição de eterno convalescente, uma mera corrente de ar podia me provocar uma recaída ou, no mais leve dos casos, uma série de trinta e dois espirros. Lembro que era magra, com pele muito branca e uns olhos escuros que me dedicavam dois tipos de expressão: uma, doce e compreensiva, quando meus pais estavam presentes, e outra, inquisidora e severa, quando nos deixavam sozinhos. Em suma, não foi um amor à primeira vista.

Em geral, quando um menino qualquer dispõe de uma professora particular para seu uso exclusivo, a tendência natural é a de receber a aula da segunda-feira e depois dar nela uma leitura rápida, para estar em dia quando vier a revisão da quarta-feira. Eu, porém, fazia totalmente o contrário: estudava na segunda-feira a lição que ela me daria na quarta, o que provocava na pobre moça uma grande frustração, uma espécie de vazio pedagógico e, quem sabe, o temor de que meus pais, se viessem a saber que eu avançava em meus conhecimentos sem que a contribuição didática dela fosse imprescindível, decidissem dispensar tão fúteis serviços. No entanto, eu podia ser perverso mas não delator, de modo que nunca comentei com meus pais minhas retorcidas artimanhas de aluno. Meu objetivo não era que Antonia ficasse sem trabalho, mas que percebesse com quem estava lidando. Então, continuamos assim: eu me antecipando à sua lição, ela aprendendo a me respeitar. Como eu sabia cada assunto na ponta da língua e detectava de imediato qualquer desvio ou omissão de sua parte, às vezes parecia que era eu quem tomava a lição e ela quem passava apertos.

Somente seis meses depois de uma inflexível aplicação dessa técnica, ou seja, quando por fim calculei que minha honorabilidade estava a salvo, decidi permitir que nossa relação retomasse um ritmo mais normal e, consequentemente, aceitei que ela me ditasse a lição antes que eu a aprendesse. Não preciso dizer que Antonia me agradeceu no fundo da alma e, a partir desse reajuste, começou a me encarar com olhos doces e compreensivos, mesmo quando meus pais não estavam presentes. Tenho a impressão de que chegou até a me amar. E a esta altura não vale a pena esconder: penso que também a amei um pouquinho, talvez porque aquele olhar doce, do qual eu agora desfrutava com exclusividade, me derretia por dentro. Nessa época eu só tinha oito anos, mas aquilo que mais tarde seria reconhecido como minha vocação estética me levou a olhar as pernas dela e achei-as formosas, bem torneadas, sedutoras. Talvez não fosse apenas vocação estética. A esta altura, penso que minha primeira e precoce exteriorização erótica se concentrou nas espiadas clandestinas que dediquei àquelas pernas graciosas e perfeitas. Inclusive sonhei com elas, mas, mesmo na ocasião onírica, não ia além das olhadas de admiração e assombro. Imagens posteriores me recordam que Antonia possuía lindos seios e lábios promissores, mas aos oito anos meu êxtase prematuro ficava ancorado em suas pernas, e eu não me permitia distrair-me em outras franjas de interesse.

Aquele naufrágio

Foi precisamente na casa da rua Capurro que comecei a me sentir integrante de uma família maior. Dois primos, de idade um pouco acima da minha, vieram de Cerro Largo para residir em Montevidéu, e no início moraram com o vovô Javier, pai de minha mãe. Mais tarde, os pais deles também vieram para a Capital e se instalaram todos na Capurro, a cinco quadras lá de casa. Minha prima Rosalba, três anos mais velha do que eu, morava em Canelones, mas vinha frequentemente nos visitar com sua mãe, a tia Joaquina, que sem dúvida não gozava das simpatias de meu pai. "Não suporto sua irmã", dizia ele frequentemente à minha mãe. "É chucra, chucríssima, e ainda por cima ignorante." Ela só alegava: "Mas é minha irmã", e incrivelmente esse argumento era o único que derrotava o velho. Por outro lado, o vovô Vincenzo, pai do meu pai, vinha amiúde de Buenos Aires, onde possuía um armazém, e sempre ficava lá em casa. Já as avós eu via menos. A mãe de minha mãe, porque estava sempre doente, e em consequência nunca saía à rua nem convinha importuná-la com visitas; e a mãe de meu pai, porque vivia em Buenos Aires e, quando o vovô Vincenzo viajava para Montevidéu, ela ficava tomando conta do armazém de Caballito.

O vovô Vincenzo era tão divertido quanto o vovô Javier, mas em outro estilo. Uma vez me contou como se salvara de um naufrágio famoso. Perguntei se ele tinha se livrado porque sabia nadar. "Não, que ideia. Sempre tive mais afinidade com as aves do que com os peixes. Mas a verdade é que também não sei voar." Sua gargalhada florentina ressoava no pátio como um carrilhão. "Então, como você se salvou?" "Muito simples: perdi o barco em Gênova. Cheguei ao porto meia hora depois de sua partida asquerosamente pontual. Tentei conseguir uma lancha que me levasse até o vapor (ainda estava à vista). Para minha sorte, fracassei na tentativa. Quando, dez dias depois, fiquei sabendo que o navio tinha afundado em pleno Atlântico, não me ocorreu nada menos egoísta do que comemorar o fato com um garrafão de Chianti. Sei que fiz mal, que devia ter pensado nos outros; hoje, não repetiria isso, mas naquela época eu era muito jovem e ainda não tinha aprendido a ser hipócrita." E aqui, outra gargalhada. Eu, porém, não ria. Logo me dei conta de que o vovô não havia lido *Coração*, o livro de Edmondo de Amicis que era minha Bíblia, já que, se o tivesse lido, não tomaria uma atitude tão mesquinha, e se de qualquer modo decidisse entornar o garrafão de vinho, faria isso com tristeza e até chorando um pouco pelos que se afogaram. Mas não, o vovô ainda se regozijava por ter escapado da morte quase por milagre, embora nem isso o tivesse reconciliado com o vigário de sua paróquia, pois durante toda a vida foi um ateu militante e arremeteu contra Deus como se este fosse um mero organizador de descarrilhamentos e naufrágios.

Um parque para nós

A casa da rua Capurro tinha um odor estranho. Segundo meu pai, cheirava a jasmins; segundo minha mãe, a ratos. É provável que esse conflito tenha desorganizado minha capacidade olfativa por várias décadas, durante as quais eu não conseguia distinguir entre o perfume de violeta e o odor de açafrão, ou entre a emanação da cebola e o vapor das inalações.

    Em conexão com essa casa, tenho além disso duas lembranças fundamentais: uma, o Parque Capurro, e outra, o campo de futebol do Clube Lito, que ficava a três quadras. Naquela época, o Parque Capurro era como um cenário montado para um filme de bandidos, com rochas artificiais, semicavernas, trilhas tortuosas e cheias de mato, uma maravilha enfim. Não me deixavam ir sozinho, mas só com meus primos ou com o filho de um vizinho, que era da minha idade. O Parque estava quase sempre deserto, de modo que se transformava em nosso campo de operações. Às vezes, quando percorríamos aqueles labirintos, topávamos com algum *bichicome** bêbado, ou simplesmente adormecido, mas eram inofensivos e estavam acostumados às nossas correrias. Eles e nós coexistíamos naquela paisagem quase lunar, e sua presença acrescentava um certo sabor de risco (embora soubéssemos que não arriscávamos nada) às nossas brincadeiras, que em geral consistiam em encarniçadas lutas corpo a corpo entre dois lados, ou melhor, duas bandas: uma integrada por meu primo Daniel e pelo vizinho, e outra, por meu primo Fernando e eu. Às vezes também participavam outros moleques do bairro, mas, fosse

---

* Gíria uruguaia para "mendigo", "vagabundo", "sem-teto". Em itálico, no original. (N. da T.)

como fosse, quem tinha voz de comando éramos nós. (Não convém esquecer que, embora Daniel se ilustrasse em Conan Doyle, Fernando, Norberto e eu havíamos aperfeiçoado nossa pirataria na escola de Sandokan.) Em minha condição de convalescente, eram-me proibidos semelhantes excessos, graças aos quais eu suava demais, de modo que, antes de voltar para casa, precisava tomar certas precauções. Como, antes da contenda, deixávamos nossas camisas sobre as rochas, quando a luta chegava ao fim nos lavávamos numa fonte com água suspeitamente esverdeada, nos secávamos ao sol e depois vestíamos de novo as camisas, que não mostravam nenhum sinal das refregas. Quando voltávamos para casa, muito penteados e viçosos, minha mãe me perguntava: "Você não correu, não é?" Para reforçar minha resposta negativa, algum dos meus primos ratificava: "Não, tia, enquanto nós brincávamos, Claudio ficou sentado num banco, tomando um solzinho."

O dirigível e o Dândi

Assim como o Parque Capurro tinha para nós um atrativo singular, a praia contígua, ao contrário, era mais para asquerosa. A escassa areia, sempre suja, cheia de restos e embalagens descartáveis, ficava ainda mais poluída, onda após onda, por outros lixos e despojos, talvez provenientes das diversas embarcações ancoradas na baía.

    Somente numa ocasião a Praia Capurro, em geral tão desprezada, se encheu de gente e de bicicletas. Foi quando veio o dirigível. O *Graf Zeppelin*. Aquela espécie de linguiça prateada, imóvel no espaço, pareceu admirável, quase mágica, a todo o mundo adulto; para nós, em contraposição, era algo normal. Mais ainda: o espanto dos mais velhos nos parecia bobalhão. Ver todos eles de boca aberta, olhando para cima, nos provocava um riso tão contagioso que aos poucos foi se transformando numa gargalhada geracional. Os pais, tios, avós sentiram-se tão ofendidos por nossas risadas que os sopapos e beliscões começaram a chover sobre nossas frágeis anatomias. Uma injustiça histórica que nunca esqueceremos.

    Ainda assim, o *Graf Zeppelin* foi causa indireta de uma mudança importante em nossas vidas. Nosso interesse por aquele globo achatado e sem graça durou exatamente dez minutos. Quando começaram nossos primeiros bocejos, fomos nos retirando, ainda sem saber para onde encaminhar nossas expectativas. Os adultos continuavam boquiabertos, hipnotizados por aquela geringonça hermética, instalada no espaço aberto. De repente percebemos que naquele dia *não existíamos*, estávamos à margem do mundo, ao menos do mundo autorizado a se assombrar. De modo que, quando meu primo Daniel disse: "Somos livres!", todos tomamos consciência de que ele se tornara não somente nosso porta-voz como também nosso líder.

Por diferentes caminhos, começamos a retroceder até o Parque, sem pressa e sem chamar a atenção, não fosse algum daqueles adultos, tão embasbacados, sair de repente do seu enlevo e dar o alerta. Não foi necessário combinar qual seria nosso ponto de encontro. Sabíamos que íamos nos reunir numa pequena clareira entre as rochas, para a qual confluíam três ou quatro trilhas e que sempre havia sido a zona neutra de nossas brincadeiras, contendas e desafios. Ali nos encontramos, portanto, e desta vez o local serviu também como anfiteatro para deliberações.

Aquela circunstancial indiferença dos adultos, unida à não buscada e inesperada mas evidente liberdade de que gozávamos desde a última meia hora, nos obrigava a um reajuste decisivo. Não tínhamos vontade de brincar nem de desencadear suarentas pelejas de mentirinha. Era como se alguém, ao nos despojar repentinamente de nosso escafandro de inocência, tivesse nos deixado nus diante de uma nova e desconhecida dificuldade.

Sem dúvida o destino, ou seja lá como se chame, nos reservava para aquele mesmo dia uma aplicação da responsabilidade recém-estreada. Começamos a caminhar em silêncio por uma das trilhas que levavam às grutas. Íamos tão absortos que quase tropeçamos num corpo caído. A expressão instalada no rosto e uma certa rigidez dos membros eram sinais muito evidentes. Não precisávamos chamar um perito forense para compreender que se tratava de um morto.

"Vejam, é o Dândi", disse meu primo Fernando. Esse era o nome com que se autodenominava um conhecido *bichicome*, decano do Parque, que geralmente fazia das grutas seu dormitório estável. E o apelido não era tão absurdo como poderia parecer, já que, apesar dos sapatos estropiados, da calça esfarrapada, da camisa sebosa e da gabardina em frangalhos, nunca o tínhamos visto sem gravata (ele inclusive tinha duas: uma de listras pretas e vermelhas e outra azul com ferraduras marrons). "Tem razão, é o Dândi", disse Daniel. Meu vizinho

Norberto se aproximou do corpo do *bichicome*, mas Daniel o deteve. "Não toque nele", disse, "não vê que se encontrarem nossas impressões digitais vão pensar que fomos nós?" Norberto retrocedeu, obediente, não só como reconhecimento de que Daniel era agora o líder, como também de sua cultura detetivesca, obtida, segundo nos constava a todos, em sua leitura frequente de Sherlock Holmes. Isso também revelava uma apreciável distância entre Daniel e os demais. Enquanto nós ainda estávamos em Edmondo de Amicis ou Salgari, ele frequentava rigorosamente Conan Doyle. "Registrem a hora em que o descobrimos", disse Daniel. "Foi às três e dez."

Em seguida pegou um jornal que alguém havia deixado sobre umas pedras, pousou-o sobre o corpo do Dândi e pressionou várias vezes com seu sapato. Na última, fez isso com mais força e então surgiu uma mancha de sangue, ressequida e bastante extensa. Com o mesmo mecanismo, ele deslocou para cima a camisa imunda, deixando descoberto um ferimento considerável, aparentemente produzido por algum instrumento cortante. Ao ver esse desastre, senti que meus olhos se nublavam e que estava prestes a desmaiar, mas, fazendo (literalmente) das tripas coração, me recuperei mais ou menos e consegui dizer uma frase tão memorável como esta: "E a gabardina?" Daniel me dedicou um daqueles olhares ternamente depreciativos que Holmes costumava dedicar ao doutor Watson, e disse apenas: "A gabardina? Certamente o assassino levou." Isso já foi demais. Ante o simples som da palavra *assassino*, senti que desmaiava, e desta vez foi para valer. Depois, quando fui recuperando a consciência, percebi que Fernando estava me passando pelo rosto um lenço úmido, e pensei em que líquido ele o teria umedecido. Mas nesse instante topei com o olhar entre repressivo e zombeteiro de Daniel, que ainda por cima me dizia: "Ah, seu frouxo." Então senti que o sangue me subia ao rosto em ondas, e aí, sim, me restabeleci de todo.

Claro que juramos manter em total segredo nossa "macabra descoberta" (pelo menos, assim a qualificou Daniel, o qual, como criminologista promissor, era um apaixonado leitor da crônica sangrenta na imprensa diária). Aproveitando que os adultos continuavam absortos na contemplação do dirigível, voltamos à praia por atalhos separados e ali ficamos, simulando uma fascinação que estávamos longe de sentir, mas criando desse modo um álibi coletivo que nos desvinculava daquele cadáver que ficara para trás, lá em nosso ex-ponto de encontro. E digo "ex" porque, por razões óbvias, nunca mais voltamos a nos encontrar ali.

À medida que a tarde caía, a multidão de curiosos foi se dispersando. Só então os adultos se lembraram de que nós existíamos. Recordo que minha mãe, ainda emocionada, pousou um braço nos meus ombros e comentou: "Que lindo! Gostou?" Eu me mostrei entusiasmado pela linguiça aérea e assim empreendemos a volta para casa, pausada e normalmente, como se nada houvesse acontecido, como se de agora em diante não existisse um cadáver em nossas vidas.

Curiosamente, a imprensa ignorou totalmente o assassinato do Dândi. Todos os dias folheávamos os jornais e escutávamos os noticiários de rádio, esperando sempre a temida chamada: *Homicídio no Parque Capurro*. E os subtítulos de praxe: *Suspeita-se de vários menores. Em meio à comoção despertada pelo* Graf Zeppelin, *um mendigo, apelidado O Dândi, é liquidado ao entardecer*. Dez dias depois do descobrimento, nós quatro nos reunimos no pátio dos fundos da minha casa e decidimos que essa incerteza devia ter fim. Tínhamos que voltar ao Parque para saber o que tinha acontecido com o corpo do Dândi. Todos concordamos que era imprudente uma excursão coletiva. Somente um de nós devia se dirigir à "clareira do bosque" a fim de realizar uma inspeção ocular. Parecia lógico que tirássemos a sorte. "Deus decidirá", disse meu vizinho Norberto, que ia diariamente ao catecismo e era o favorito do padre Ricardo. Sua meta prioritária na vida era conseguir ser coroinha desse vigário. Já nós, os restantes, tínhamos outros ideais naquela época. Como era previsível, Daniel queria ser detetive; Fernando, mecânico (quando era menor, dizia "macanjo", mas por engano); eu, goleiro da seleção, algo assim como um suposto sobrinho de Mazzali. Bom, de fato Deus decidiu. Escolheu a mim. Naquele mesmo dia resolvi ser ateu. E até hoje me mantenho. Foi um trauma muito duro. Não sei o que aconteceria se o sorteio tivesse indicado Norberto, Fernando ou Daniel. Talvez isso confirmasse minha fé no Senhor e hoje eu seria pároco, ou no mínimo bispo. Mas não foi assim, e tive de arcar com meu ateísmo e com a inspeção ocular.

No dia seguinte, parti rumo ao perigo. Os outros três ficaram na esquina da Capurro com Húsares, à espera de minhas notícias. Dirigi-me ao "local do delito" (assim o denominava Daniel) com toda a coragem de que dispunha, a qual com certeza não era muita. Se não caminhava depressa, não era por má vontade, mas porque minhas pernas tremiam, totalmente à margem de minha vontade de cruzado. A tremedeira só se interrompia quando eu subia ou descia degraus, mas assim que voltava a caminhar aquela trepidação recomeçava. Recordo que era uma fresca manhã de outono, mas eu suava como em janeiro.

Por fim cheguei à "clareira do bosque". De início não consegui acreditar, mas o Dândi não estava. Estranhamente, sua ausência me acalmou. O tremor cessou como por encanto. E até tive ânimo para percorrer as trilhazinhas que chegavam à clareira e, mais ainda, numa exibição de audácia inconcebível, conferi a gruta que o Dândi havia usado durante anos como abrigo. Tampouco ali havia rastros do *bichicome*. Apenas uma garrafa (vazia) de álcool de fogareiro.

É claro que voltei botando banca. Quando me viram retornar, Daniel, Fernando e Norberto correram ao meu encontro, ansiosos. Durante alguns minutos, eu os fiz sofrer, mas depois suas caras de susto me deram pena. "A vítima desapareceu", informei, para que percebessem que eu também tinha minhas leituras. A notícia caiu como um balde de água fria. "Será que você vistoriou direito?", inquiriu Daniel. Devolvi aquele olhar, entre repreensivo e zombeteiro, que ele me dedicara por ocasião do meu desmaio, e acrescentei: "Vistoriei tudo. Imagine que até me meti na gruta do Dândi." "Entrou na gruta?", perguntou Norberto, com um toque de admiração. "Sim, claro", confirmei, sem dar maior importância à minha notável audácia, "e só achei esta garrafa". A garrafa foi passando de mão em mão e depois, logicamente, voltou às minhas. Sem que ninguém assim decidisse de maneira explícita, passei a ser seu curador oficial. Todos a pegávamos pelo gargalo e usando meu lenço, já que o resto da garrafa podia ter impressões digitais que não fossem as nossas e as do próprio Dândi.

    Contudo, de pouco serviram tantas precauções. Não só o criminoso não foi identificado, como tampouco a imprensa mencionou o caso. Em vários dos nossos encontros, deliberamos sobre as diferentes possibilidades. O Dândi estava realmente morto, quando o descobrimos no dia do dirigível? A resposta unânime era que, sem dúvida, aquilo era um cadáver. Além disso, se ele não estava morto, por que nunca mais o tínhamos visto em seus percursos habituais? Bem, mas se era um cadáver, quem o teria levado? Por que a imprensa nunca havia mencionado aquele assassinato ou lá o que fosse? Um elemento adicional, a ser levado em conta, era que, depois daquela jornada festivo-lutuosa, os outros *bichicomes* haviam desaparecido do bairro. E isso, por quê? Souberam do crime e ficaram com medo? A única coisa que ficou clara foi que nós, sim, tivemos medo, e, exceto por aquele dia em que realizei minha inspeção ocular, nunca mais voltamos à "clareira do bosque". Após alguns meses paramos de falar daquele assunto que nos excitava mas também nos entristecia. Ainda assim, a expressão póstuma do Dândi continuou aparecendo, durante vários meses, em meus pesadelos, até que por fim se retirou também desse território. Dois ou três anos mais tarde, escutei no rádio, por uma única vez, um tango que incluía esta estrofe: "*Y a veces cuando me aburro / recuerdo al Dandy, aquel vago / que en un miércoles aciago / cagó fuego allá en Capurro.*"* Anotei imediatamente aqueles versos, para não os esquecer, mas senti que outra vez me invadia, não o medo daquele outono, mas um rescaldo daquele medo. Talvez por isso, não telefonei à rádio para perguntar o título do tango e o nome do autor.

---

* "E às vezes, quando me enfado, / recordo o Dândi, aquele folgado / que numa quarta-feira aziaga / bateu as botas em Capurro." (N. da T.)

Não comentei isso com ninguém e nunca mais escutei aquela letra, que afinal não era muito brilhante. Mas, no dia seguinte, consultei um daqueles quadros que constam de algumas agendas para averiguarmos que dia da semana correspondeu a uma data qualquer do passado. E o do *Graf Zepellin* tinha sido uma quarta-feira! Mesmo assim, o autor do tango não especificava que havia sido um crime: *"cagar fuego"* é sinônimo lunfardo de "abotoar o paletó, morrer", mas pode ser uma morte natural. Morte natural, com semelhante ferimento no costado e com todo o sangue derramado? O episódio podia originar todo um ensaio sobre "Tango e desinformação". A não ser que o autor fosse o assassino (por que não?) e a letra um álibi, uma espécie de bruma deliberada sobre aquela morte. Sei que Daniel diria: "Como é óbvio, o assassino costuma voltar ao local do crime, e esse tango (está claríssimo) é um simples retorno." Mas não tive ânimo para falar disso com ninguém e, mesmo que o tivesse tido, tampouco poderia, já que Daniel, precisamente nesse ano, estava viajando com os pais pelos Estados Unidos.

Prós e contras da ousadia

Eu já disse que em Capurro havia outra paisagem fundamental: o campo de futebol do Clube Lito. Era uma instituição modesta (acho que integrava uma divisão que na época se chamava Intermediária), mas todo o bairro a apoiava. Por outro lado, várias vezes cedia gratuitamente o campo a equipes ainda mais modestas, que nem sequer tinham onde jogar. Nesses casos (em geral, tais partidas eram disputadas aos domingos pela manhã) não se cobrava entrada. Às vezes íamos com o velho, que era um moderado torcedor do Defensor, embora nunca tivesse acumulado suficiente entusiasmo para ir ao Parque Rodó. O campo do Lito, em compensação, ficava ali pertinho e ele se divertia com as mancadas daqueles timecos que se enfrentavam nas ensolaradas manhãs de domingo.

Ainda recordo um arqueirinho quase adolescente que tinha uma mania. Quando os chutes dos atacantes rivais eram fortes e no canto, ele se lançava em tremendos saltos a meia altura e em defesas de punho muito aplaudidos pelos quarenta espectadores. Mas, quando a bola vinha pelo alto, então dava-se ao luxo de esticar a camisa e receber a pelota no côncavo improvisado. Essa exibição era a glória para ele, porque ridicularizava os do outro time e além disso divertia o público. Uma vez, porém, não teve sorte. Imagino que naquela ocasião a bola alcançou uma altura maior e, consequentemente, caiu com força inusitada. O fato é que, quando o goleirinho estirou a camisa como sempre para receber a pelota, esta veio com tal potência que venceu irremediavelmente aquela ostentação, deslizou entre as pernas dele e rodou sem pressa pelo gramado até cruzar a linha do gol. Os atacantes do time contrário comemoraram a conquista com saltos e gargalhadas. Alguns apertavam a barriga de tanto rir. Envergonhados, os companheiros do goleiro se retiraram silenciosos para o centro do campo. Nenhum deles se aproximou para consolá-lo. Deixaram-no sozinho. De repente meu pai me segurou pelo braço e disse: "Olhe", apontando a barreira vencida. Então olhei, e lá estava o pobre rapaz, chorando desconsoladamente junto a uma das traves. Não podíamos entrar no campo para animá-lo. Além disso, a partida havia recomeçado. Ele enxugou as lágrimas com o punho fechado e se colocou novamente em seu lugar. Mas toda a sua galhardia e sua vocação de espetáculo tinham se esfumado. Naquela mesma manhã, meteram-lhe mais três gols: um direto de escanteio, outro de pênalti e o último como resultado de um drible execrável que o meia lhe deu na boca do arco. Claro que foi sua última partida. O jogador que o substituiu no domingo seguinte era bastante bronco, mas não a ponto de não perceber que estava terminantemente proibido de embolsar a pelota na camisa.

Um espaço próprio

De todas as casas que até então havíamos ocupado, a de Capurro foi a primeira que significou para mim *um mundo*, um espaço próprio. O fato é que, até ali, eu não tinha desfrutado de um quarto privado. Este, sem ser exatamente uma água-furtada, ficava vários degraus acima dos outros aposentos e tinha uma janela que dava para os fundos dos vizinhos (Norberto e seus pais). Ali havia várias árvores, com seus respectivos passarinhos. A mais próxima era uma figueira, que no verão me proporcionava sombra e também figos, cuja ingestão clandestina me produziu mais de uma diarreia. Na realidade, eu não os furtava, pois tinha autorização de Norberto (não a de seus pais, claro) para o consumo indiscriminado. A razão última de tanta generosidade talvez fosse a profunda aversão que ele sentia por figos. Por outro lado, aquela figueira enorme e hospitaleira era nossa ponte: pelos seus ramos acolhedores eu entrava no território de Norberto, ou ele se introduzia no meu quarto; sem prejuízo de todas as vezes em que ficávamos na própria árvore. Esta possuía dois conjuntos de galhos grossos, construídos pelo Senhor (a interpretação era de Norberto, e não minha) sob medida para nossos esquálidos traseiros. Ali falávamos do mundo e de seus arredores. Especialmente de futebol. Ambos éramos (e continuamos sendo, epa) torcedores do Nacional, à diferença de Daniel, que era Peñarol, e de Fernando, que era Wanderers e consequentemente, para os outros três, adversário de pouca monta.

Contudo, ainda que predominante, o futebol não era o único assunto. Também trocávamos impressões sobre nossos pais, por quem sentíamos uma mescla de devoção e ressentimento, baseado, este último, nos limites (territoriais, lúdicos, verbais) que eles nos impunham, ainda que quase diariamente violássemos deliberadamente essas fronteiras, merecendo assim, quando nos descobriam, as bofetadas maternas de praxe (as paternas só nos alcançavam em circunstâncias particularmente graves). Claro que, nos últimos tempos, discorríamos infatigavelmente sobre o Dândi, sobre sua morte (nem entre nós dois nos atrevíamos a qualificá-la de "assassinato") e sobre o misterioso desaparecimento do corpo. Esse, sim, que era "corpo do delito", disse certa vez Norberto, exibindo uma ousadia que francamente me surpreendeu. Em outras ocasiões, muito menos frequentes, falávamos de assuntos escolares, em especial daqueles que nos eram impenetráveis, tais como as equações de terceiro grau ou a partenogênese nos pulgões.

Quero esclarecer que a essa altura eu já não tinha aulas com minha bem-amada Antonia Vico, mas com um senhor chamado Humberto Fosco, cujas pernas (lá em casa ele ia de calças, mas uma vez o vi de bermudas em Pocitos), cabeludas e finíssimas, jamais poderiam competir com as da minha professora, que ultimamente havia reaparecido em meus sonhos e devaneios, e (devo fazer constar isso) já não só com suas benditas pernas. Antonia Vico não tinha sido despedida. Eu não permitiria, claro. Simplesmente aconteceu-lhe uma catástrofe: ela se casou. Ouvi mamãe dizer que o noivo era "um rapaz muito bem-apessoado", mas, semanas depois, Antonia o trouxe para que o conhecêssemos e, francamente, o sujeito me pareceu um magricela sem graça nenhuma. Ela percebeu que eu o fitava com olhos rancorosos, e então, para melhorar o clima, disse ao agora marido, apoiando a mão no meu ombro: "Veja, Amílcar, este foi meu melhor aluno." (Para completar, chamava-se Amílcar. Algo insuportável.) O senhor Fosco foi então convocado: eu devia me preparar para a entrada no Secundário.

A casa tinha uma paisagem e também um toque. Os apagões não eram tão frequentes como foram anos mais tarde, mas de vez em quando o bairro inteiro mergulhava nas trevas. Meus pais usavam lanternas, mas eu gostava de andar tateando, guiado apenas por minhas mãos ou em todo caso por meus pés descalços. Tocar a casa, apalpar-lhe as paredes, as portas, as janelas, os trincos, contar os degraus, abrir os armários, tudo isso era minha forma de possuí-la. Para meus pais, aquela sempre foi uma casa meramente alugada, mas eu não tinha muito claro o limite entre locação e propriedade, de modo que, para mim, a casa de Capurro foi *minha casa*.

    Tinha também um cheiro peculiar. E não me refiro ao da cozinha, que logicamente variava com os cozidos, churrascos, ensopados e molhos nos quais minha mãe era perita. Não, o cheiro a que me refiro era o da casa em si: o que exalavam, por exemplo, os ladrilhos brancos e pretos do pátio interno, ou os degraus de mármore do saguão, ou as tábuas do assoalho, ou a umidade de uma das paredes, ou o que vinha da figueira quando eu deixava aberta minha janela. Todos esses cheiros formavam um odor médio, que era a fragrância geral da moradia. Quando eu chegava da rua e abria a porta, a casa me recebia com seu cheiro próprio, e para mim era como recuperar a pátria.

Sonhar em cores

À exceção do Dândi, o personagem mais relevante que Claudio conheceu em Capurro foi o cego Mateo Recarte. Nessa época, Mateo tinha vinte e três anos e falava-se muito dele em todo o bairro. Era visto como estudioso e inteligente, e, apesar de sua deficiência, como amável e bem-humorado. Tinha uma irmã, dois ou três anos mais nova, da qual também se falava bastante, ainda que por outras razões.

María Eugenia era de uma beleza singular. Não se parecia com nenhuma atriz ou modelo famosa. Quatro anos antes havia sido eleita Miss Soriano, mas depois não quis voltar a competir nesses concursos, por considerá-los frívolos demais. Todos pensavam que, se ela tivesse desejado, já figurariam entre seus títulos os de Miss Uruguai, Miss Mundo, Miss Universo e até Miss Galáxia, se existisse. Tinha curvas perfeitas, estatura ideal e um rosto que podia ter sido escolhido por Filippo Lippi para uma de suas virgens. Seus atrativos eram tão intimidantes que nenhum dos rapazes capurrenses se atrevera a cortejá-la, coisa que não impediu que, anos mais tarde, quando María Eugenia se casou com um "estrangeiro" (montevideano, mas do Cordón), fosse considerada pouco menos que uma traidora.

Mas tudo isso veio muito depois. Quando travou conhecimento com os irmãos Recarte, Claudio devia ter dez ou onze anos, e todos achavam natural que, quando ele chegava à casa, María Eugenia lhe acariciasse o cabelo sempre revolto ou o beijasse, à europeia, nas duas bochechas, algo que depois servia para que Norberto, Fernando e Daniel fizessem troça, de pura inveja, e o chamassem ironicamente de "o namorado de Miss Soriano". Ele não se alterava e dizia apenas: "Quem dera."

Aurora, a mãe de Claudio, às vezes mandava para os Recarte alguma sobremesa especial ou alguma torta de maçã, em geral usando o filho como mensageiro, e este, após o intercâmbio ritual de sorrisos e beijos com María Eugenia, ficava conversando com Mateo. Para Claudio, o cego tinha um atrativo especial. O garoto ficava alucinado ao imaginar como Mateo conseguia se comunicar com o mundo. Fazia suas investigações com tal inocência que o cego aceitava perguntas que, se viessem de um adulto, iriam aborrecê-lo ou lhe pareceriam depreciativas.

Num desses diálogos, o menino perguntou se ele sempre havia sido cego, e Mateo esclareceu que não, só desde os dez anos, em consequência de um irreversível descolamento de retina. "Então, você antes via as cores", confirmava Claudio com euforia. "Claro." "E essa recordação o ajuda a imaginar o que o rodeia?" "Sim e não. As lembranças também vão se apagando. Às vezes me vem a memória da cor, mas não a própria cor. Você se lembra de tudo o que lhe aconteceu quando tinha seis anos? Não lhe ocorre, às vezes, recordar algo que aconteceu, mas não como evocação direta de sua memória, e sim porque o episódio vem sendo repetidamente narrado, através dos anos, por sua mãe ou seu pai? Por fim, você assume um papel como protagonista dessa história contada, mas não a partir do interior desse protagonismo que um dia você teve."

Tal explicação era demais para Claudio. Parecia-lhe enigmática, mas fascinante. Então ele acrescentava: "E você sonha, às vezes?" "Sim, com frequência." "E, nos sonhos, vê?" "Bem, não sei se vejo ou se creio que vejo." "E sonha em cores?" "Nem sempre, mas de vez em quando sim. O que acontece é que, quando acordo, tenho consciência de que sonhei em cores, mas não saberia lhe dizer qual é o vermelho, o amarelo ou o verde. Além disso, nem sempre sonho que vejo ou creio que vejo. O mais frequente é que intervenham nos meus sonhos os sentidos que ainda possuo. Ou seja, eu sonho que apalpo coisas, saboreio coisas, ouço coisas, cheiro coisas."

Outras vezes Claudio lhe perguntava sobre seus modos de comunicação com o mundo, quando já não dormia mas em plena vigília. "Não é tão diferente assim", respondia Mateo pacientemente, "também nessa situação meus quatro sentidos válidos suprem e ajudam o outro, o que me falta. É como se multiplicassem sua eficácia".

Normalmente, o cego queria que Claudio lhe contasse detalhes de suas brincadeiras, de seu ambiente familiar. Mas o garoto não compreendia como podia interessar ao amigo algo tão rotineiro como a vida diária de alguém que podia ver tudo e, em consequência, não precisava imaginar nada, quando justamente aí residia o encanto da cegueira inteligente. A única coisa que lhe parecia verdadeiramente lamentável na existência de Mateo era que ele não podia contemplar a beleza de sua irmã.

Claudio sonhava quase todas as noites. Mas foi a partir dessa estranha conversa com Mateo que começou a sonhar em preto e branco. Bom, conformava-se, nem sempre o melhor cinema é em tecnicolor.

Os de Galarza

A casa de Capurro também tinha códigos e mistérios. Por exemplo, eu notava que às vezes, em geral na hora da sesta, quando meu pai se aproximava de minha mãe e começava a cercá-la com carícias, beijos e abraços furtivos, em certas ocasiões minha mãe sorria, devolvia-lhe algum beijo e depois ambos se trancavam no quarto por um longo tempo. Mas outras vezes, quando meu pai começava com seus afagos, minha mãe ficava séria e simplesmente dizia: "Hoje não posso, meu velho. Vieram os de Galarza." Para mim essa resposta era um enigma, porque eu passara a manhã inteira em casa e ninguém tinha vindo: nem os de Galarza nem os de nenhuma outra família. Além disso, eu não conhecia ninguém que se chamasse assim. Só vários anos depois fiquei sabendo que Galarza era o nome de um chefe *colorado*, durante os anos da guerra civil, e que, segundo a lenda, quando seus homens passavam por algum povoado, os derramamentos de sangue eram inevitáveis. Ou seja, o que minha mãe avisava ao meu pai (em código, claro, por causa da minha indiscreta presença) era que estava menstruada e consequentemente não se encontrava em disponibilidade erótica.

    O outro mistério era uma espécie de alçapão-armadilha, situado em um dos aposentos internos. Algumas vezes ouvi minha mãe dizer que aquele quadrado de madeira era a entrada do porão. A mim, era proibido tentar abri-lo; interdição que eles poderiam ter se poupado, já que os porões sempre me produziram um medo irracional, e eu não só nunca me dispus a abri-lo como também jamais me arrisquei, quando entrava nesse quarto, a pisar aquele terrível quadrado de tábuas.

Entre as lembranças mais lindas de Capurro estão meus despertares, dos quais normalmente se encarregavam os inquilinos da figueira. Quando mamãe me gritava da cozinha para que eu me levantasse e fosse tomar o desjejum, já fazia um bom tempo que os passarinhos tinham se encarregado de me acordar. Alguns haviam perdido o medo e até a prudência, e se introduziam no quarto e até se aproximavam de minha cama, sabendo que eu sempre lhes reservava uma refeição de migalhinhas. E havia um visitante adicional, sobre o qual, claro, nunca informei minha mãe: um ratinho minúsculo, um camundongo, que quase sempre, quando eu abria os olhos, estava junto da minha cama esperando os pedacinhos de queijo, restos da ração que me cabia na dieta especial para sanar meu déficit de proteínas. É óbvio que o camundongo e eu tivemos nesse período um incremento proteínico nada desprezível.

Safári no Centro

Por sua localização tão particular no plano da cidade, Capurro, mais que um bairro, é um bolsão, um enclave, com um extremo no nascimento da rua que dá nome ao bairro, ou seja, na avenida Agraciada (onde fica a mansão em que morava o presidente e depois ditador Gabriel Terra, e onde dobravam os trilhos do bonde 22), e outro no Parque. Embora fosse certo que sua influência se estendia mais além, quase até o arroio Miguelete, na realidade o bairro propriamente dito chegava até o destino final do bonde. Isso era muito comum naqueles tempos. À diferença dos ônibus, os bondes abreviavam ou ampliavam os bairros. O ônibus podia mudar de rota, ir hoje por aqui e amanhã por lá. Mas o bonde, com a fixidez dos trilhos e do trole, tinha um destino e um percurso estáveis, predeterminados. Além disso, para uma criança era sempre admirável ver como o motorneiro acelerava ou freava aquele monte de ferros velhos, sobretudo quando permitia que uma das manivelas desse voltas e voltas, em sentido contrário, como se ela mesma decidisse tais movimentos. Por outro lado, os assentos de palha eram bastante duros, mas transmitiam uma sensação de segurança. E uma virtude adicional: os bondes jamais capotavam, como, ao contrário, faziam os automóveis, os táxis, os caminhões, as jardineiras e também, embora menos frequentemente, os ônibus.

Sim, Capurro era um enclave, quase uma republiqueta. Não sem motivo, a tendência de seus habitantes era permanecer ali, expatriar-se o mínimo possível daquele ambiente familiar onde cada esquina, cada armazém e cada bar eram como aposentos da própria casa.

Talvez por causa desse clima doméstico, que afetava tanto adultos quanto crianças, Claudio e sua turminha de amigos viviam enclausurados no enclave. Ah, mas às vezes saíam, e era como ir ao estrangeiro. Geralmente Claudio fazia essa viagem com o pai, e então os dois ficavam a tarde inteira no Centro.

O velho sempre gostara dos cafés, e ali se encontrava com amigos de antes e de muito antes. Os de muito antes eram, em geral, mais pobres do que os de antes. Mas, com uns e com outros, o velho trocava tapinhas ou abraços e gracejos, e recapitulavam episódios que para Claudio eram história nova.

Sobre o suicídio de Brum,* por exemplo, que era um fato recente, falavam em voz baixa, "porque nunca se sabe quem são os daquela mesa", e quase nunca concordavam. Uns diziam que ele fizera mal; outros, que não tinha saída. "O coitado pensou que, com esse gesto, o povo ia se rebelar", dizia Rosas, operário de algum frigorífico. "De que povo você está falando?", replicava um cético Menéndez, funcionário da Alfândega. "Este povo não se rebela com coisa alguma nem com ninguém." "Sei", dizia o outro, irritado, "até parece que você se rebelou". "Não fode", replicava Rosas, "eu também não me rebelo por nada. Por isso estou lhe dizendo. Com fundamento".

Outras vezes a sensação era o futebol. Álvarez, o mais velho de todos, um veteraníssimo, havia presenciado nada menos que o gol que Piendibeni fez contra o "divino Zamora", e com isso se sentia realizado pelo resto dos seus dias (que com certeza não iam ser muitos), tal como se tivesse sido testemunha ocular da tomada da Bastilha ou da queda do Palácio de Inverno.

Outros admiravam Petrone. "Mas isso foi ontem", protestava Álvarez, minimizando a lembrança próxima. "Já o gol de Piendibeni contra Zamora entrou para a história, *che*, só comparável à vitória de Artigas em Las Piedras, outra derrota espanhola, não?" O fã de Petrone não se dava por vencido: "Ultimamente está muito difícil fazer firulas. Juro a você que

---

* Baltasar Brum (1883-1933), presidente da República uruguaia de 1919 a 1923, que se matou ante o golpe de Estado dado em 1933 pelo então presidente Gabriel Terra (1873-1942). (N. da T.)

o vi dar uns vinte chutes contra a meta em uma só partida, dos quais dezoito foram para as nuvens, mas, isto sim, os dois restantes, ou seja, os que adentraram, foram gols. Indefensáveis, porque ele ainda atira como um canhão. Ou você esqueceu que ele é o Artilheiro?" "Sim, muito Artilheiro, mas Piendibeni...", insistia o torcedor. "E não se esqueça dos méritos extrafutebolísticos dele. Em 1924, quando se organizou um clássico Uruguai x Argentina em homenagem ao príncipe herdeiro Humberto de Savoia que visitava o Rio da Prata, Piendibeni se negou a jogar porque seus princípios republicanos o impediam de homenagear uma monarquia, ainda que italiana. O que você acha?" "O que eu acho? Que meu avozinho foi um grande republicano e nunca chutou uma bola, é isso que eu acho. Alguém me disse que Petrone tinha uma mão bárbara para os *cannelloni alla Rossini*, mas não vou lhe apontar isso como virtude esportiva. Convém ser sério, *che*." Etc., etc..

Depois, já sem os amigos, caminhavam pela Dieciocho e entravam em livrarias, onde o velho sempre comprava uns livros. Tinha o vício da leitura. Além disso, quando precisava comprar cuecas ou gravatas para ele, ou algum suéter para Claudio, entravam na *London Paris*. Desde que se casara, o velho só comprava nesse estabelecimento, "porque lá eles têm de tudo". Claudio ficava deslumbrado com a quantidade de gente que havia nas lojas e nas ruas. Por outro lado, as crianças que ele via no Centro lhe pareciam mais livres, mais soltas do que as de Capurro. Claro que sempre havia alguma que se excedia na soltura e ganhava um puxão de cabelo. Claudio sentia essa agressão como própria e até fazia uma careta de dor, pois conhecia essas torturinhas. Mamãe era perita em crueldades menores.

Além disso, na rua havia cães, muitos cães, admiravelmente educados, visto que esperavam o sinal do "varita"* para atravessar a rua na esquina junto com aqueles outros pedestres, os humanos. A única semelhança deles com os cachorros de Capurro era o tratamento que davam às árvores.

---

* Guarda de trânsito. As aspas são do original. (N. da T.)

Como havia aprendido no Diccionario de la Academia que o cão é um "mamífero carnívoro, doméstico, de tamanho, forma e pelagem muito diferentes, segundo as raças, mas sempre com a cauda mais ou menos enroscada à esquerda e de menor comprimento que as patas posteriores, uma das quais o macho levanta para urinar", Claudio se entretinha em diferenciar os machos das fêmeas mediante a comprovação dessa movimentação congênita. Desnecessário dizer que se considerava um especialista na matéria. Em contraposição, os gatos o desconcertavam, e como, sobre esses animais, o Diccionario não dava nem um pio (isto é, nem um miau), ele havia renunciado a distinguir os gatos das gatas, já que nem sequer conseguia diferenciar o miado masculino do feminino.

Voltavam tarde, mas ainda a tempo para o jantar, e a mamãe pedia que lhe descrevessem pormenorizadamente o safári. "Ele que conte", dizia o velho, esgotado pela caminhada, e então Claudio, nada encabulado, contava tudo, com uma minuciosidade, um regozijo e uma ênfase que pareciam inspirados em Carlitos Solé, quando transmitia as partidas do Estadio Centenario, cujo campo de futebol ele dividira previamente em quadros numerados, de modo que a pessoa podia acompanhar o jogo como se se tratasse de uma partida de xadrez entre Capablanca e Alekhine.

Más notícias

Uma tarde em que havíamos ficado sozinhos em casa, o velho me chamou lá da cozinha. Sem aulas e sem brincadeiras, eu me sentia um pouco entediado, mas cinco minutos depois o tédio já se acabara. Como todas as tardes, o velho estava sentado, tomando mate. "Sente-se", ordenou. Eu me acomodei no banco que ele me apontava e comecei a me perguntar qual seria o motivo daquele chamado tão cerimonioso. O que eu tinha feito para que o velho estivesse tão sério?

"Claudio", começou ele, e isso me preocupou ainda mais, porque raras vezes meu pai me chamava pelo nome. Normalmente, só me chamava *botija*.* "Tenho uma má notícia." Engoli em seco e meu joelho direito começou a tremer. "Você já não é uma criancinha e creio que as coisas devem lhe ser ditas, mesmo as mais tristes." Para mim foi surpreendente que meu pai, nada menos que meu pai, me expulsasse da infância sem mais delongas. Qualquer um podia perceber que eu era um menino, não importando muito a data de nascimento que constava de meu documento de identidade.

E a notícia explodiu: "Embora não pareça, sua mãe está muito doente." Antes de captar a gravidade da terrível informação, inevitavelmente detectei outra novidade: comumente ele dizia *a mamãe*, e nunca *sua mãe*. Fosse como fosse, meu joelho direito parou de tremer. Já não me importavam essas frivolidades. Durante um tempinho, prendi o fôlego. Não como um exercício de vontade; simplesmente, eu não podia respirar. Sentia que meus pulmões se arrebentavam de tan-

---

* Gíria uruguaia para "guri", "menino", equivalente ao *pibe* argentino. Em itálico no original. (N. da T.)

to ar, mas não conseguia expeli-lo. Por fim, consegui e pude perguntar: "Ela vai morrer?" E o velho, em tom baixo e com os olhos repentinamente chorosos: "Sim, vai morrer." Reuni forças para perguntar se ela sabia. "Não. Sabe apenas que está muito doente. Acha que pode se curar. Aliás, é isso que o médico e eu dizemos a ela."

    Senti frio, um frio estúpido e absurdo, pois estávamos em pleno outono, que entre nós é a estação mais amena, mas pelo menos isso me serviu para comprovar que minhas primeiras lágrimas quentes desciam pelas faces geladas. Eu tinha de fazer alguma coisa, de modo que abandonei meu banco e me aproximei do velho. Ele deixou finalmente o mate sobre a mesa e me abraçou longa e estreitamente. Outra novidade, já que o velho não era um sentimental e poucas vezes me abraçara.

    Durante o abraço eu sentia seus soluços, mas recordo que não seguiam o mesmo ritmo dos meus. Também recordo que o isqueiro que ele tinha no bolsinho da camisa me machucava no ombro, mas claro que não falei nada. Quando se afastou, vi que ele segurava um lenço branquíssimo, como se fosse recém-comprado, com o qual enxugou os olhos e depois secou os meus, e até o colocou no meu nariz para que eu me assoasse, como quando eu tinha três ou quatro anos. "Vou lhe pedir uma coisa", disse, "que sua mãe não perceba que você sabe que ela está tão mal. Trate-a como sempre, mesmo que lhe seja difícil".

    Duas horas mais tarde, quando mamãe voltou com Elena, minha irmãzinha, o velho e eu já havíamos recuperado a serenidade, ou melhor, a máscara da serenidade. Mesmo assim, talvez porque agora sabia a verdade, pela primeira vez percebi que mamãe estava pálida, abatida, com os olhos cansados. Aproximei-me e a beijei. "Por que isso?", perguntou ela, surpresa. "Isso é porque sentimos sua falta." Ela sorriu debilmente, sem acreditar. Achei que eu não era um bom ator. Lá adiante, no fundo do pátio, vi que o velho se recolhia na sombra. Nesse momento, não sei por quê, tomei consciência de que havia muitos meses mamãe não mencionava ao papai que os de Galarza tinham chegado. Deduzi que estariam viajando.

A menina da figueira (1)

Assim que pude, subi à minha água-furtada. Precisava ficar sozinho para refletir sobre a situação. Permaneci um bom tempo, desconcertado, sentado na cama e olhando (sem ver) a figueira. Órfão, pensei, vou ser um órfão. Uma sensação estranha, de dor e abandono (não é nada simples ficar sem mãe aos doze anos), mas também de estar assumindo uma condição nova. Nenhum dos meus amigos era órfão. Eu ia ser o primeiro. Minha irmã também ia ser órfã, mas era muito pequena e mal o perceberia. Fiquei chorando uns minutos, mas não saberia dizer se era pelo anunciado desaparecimento de mamãe ou pela minha orfandade iminente.

Então alguém disse: "O que você tem? Por que está chorando?", e me senti espiado, agredido em minha intimidade. Uma menina desconhecida me contemplava da figueira. Perguntei-lhe quem era e ela me disse que era Rita, prima de Norberto. Tinha um ou dois anos mais do que eu. Lentamente foi se movendo pelos ramos até que chegou à minha janela e desembarcou no meu quarto. Por entre minhas lágrimas, pude ver que era muito linda, tinha um olhar doce e que seu reloginho-pulseira marcava três e dez.

Pousou a mão em meu ombro e voltou a perguntar o que eu tinha. "Minha mãe vai morrer", respondi, com mais angústia do que aquela que na realidade sentia. "Todos nós vamos morrer", sentenciou Rita. "Mas a mamãe vai morrer dentro em pouco." E acrescentei: "É segredo. Ninguém sabe. Não vá contar a Norberto, porque aí o bairro inteiro fica sabendo, a começar pelo vigário." "Pode ficar sossegado. Não vou dizer a ninguém. Saiba que eu nem sequer tenho confessor." Esse último detalhe me infundiu confiança.

Sentou-se ao meu lado, na cama. "Não tenha vergonha de chorar. Faz bem. Elimina toxinas. Por isso nós mulheres vivemos mais do que os homens. Porque choramos mais." Sua sabedoria me deixou pasmado. Mesmo assim, fiz as contas: o velho não chorava quase nunca e mamãe sim, e no entanto, apesar de todas as toxinas que havia eliminado, ela ia morrer antes dele. Não comentei essa dedução com Rita, só para não a desanimar.

Então Rita me passou a mão (suave, de dedos finos e um pouco frios) pela face ainda úmida, e depois essa mesma mão pressionou levemente até que minha cabeça ficou apoiada em seu peito. Senti-me confortado e aconchegado. Uma estranha paz (não estática, mas ativa) começou a me invadir. Aquela mão tranquilizadora me acariciou as têmporas, os lábios, o queixo. A essa altura eu já estava na glória e a dor quase havia desaparecido, mas compreendi vagamente que a aflição tinha sido, afinal, um bom investimento, de modo que continuei transmitindo pesar.

Rita fez então um gesto que deu um ponto final, agora sim, à minha infância: me beijou. Na face, junto à comissura dos lábios, e se demorou um pouquinho naquele contato. Tenho a impressão de que esse foi meu primeiro esboço de felicidade. "Gostei de você, Claudio", disse. "Norberto fala muito bem de você. Diz que você é seu melhor amigo." "Você também vai ser minha amiga?" "Claro, já sou. Pena que vou embora amanhã." Ou seja, o inferno depois do paraíso. "Para onde vai?" "Para Córdoba, na Argentina. Eu moro lá." "E não vai voltar?" "Acho que não." Então eu também a beijei na face, perto dos lábios, e ela sorriu, boníssima. Acho que gostou. Senti uma agitação nova, quase heroica. Ainda não era, por razões óbvias, uma excitação sexual, digamos que era uma emoção pré-erótica. De todo modo, muito mais intensa do que aquela que em outros tempos Antonia me provocara.

Rita se levantou, aproximou-se da janela e, movendo-se rapidamente entre os galhos da figueira, retornou ao pátio de Norberto. Lá de baixo, se despediu de mim com a mão. Eu me limitei a olhá-la, desolado.

Adeus e nunca

> Quem se vai leva consigo sua memória, seu modo de ser rio, de ser ar, de ser adeus e nunca.
> ROSARIO CASTELLANOS

A etapa terminal de mamãe durou seis meses, na realidade dois a mais do que os prognosticados pelo médico. Eu nunca soube qual havia sido o mal, nem quis averiguar. Durante o velório, ouvi alguém falar de células tumorais, mas isso não significava nada para mim. O certo é que ela foi se apagando lentamente. No princípio se empenhava em exercer algumas tarefas da casa, as mais leves, mas depois passava longas horas na cama, sem ler nem ouvir rádio. Geralmente permanecia com os olhos fechados, mas não dormia. Elenita se aproximava da cama na ponta dos pés, mas mesmo assim ela percebia sua presença e lhe fazia perguntas, que minha irmã, impressionada por aquela quietude, respondia só com monossílabos. Depois dizia: "Agora vá, Elenita, que a mamãe está cansada."

Eu também me aproximava e ela me fitava muito triste, mas raramente chorava. Dizia-me coisas mais ou menos triviais, por exemplo: "Você tem que ajudar seu pai. Cuidar da casa é difícil para ele. Ajude-o até que eu fique boa, hein?" Ou então: "Não se descuide dos estudos. Isso é o mais importante." Era sua forma de nos fazer acreditar que não sabia que o final estava próximo. Durante aqueles últimos seis meses, todos jogamos uma partida de engano contra engano. A hipocrisia piedosa.

Com frequência, a prima Rosalba e a tia Joaquina vinham fazer companhia à mamãe, mas a cansavam com sua conversa oca e seus mexericos, tanto que o velho falou com elas e com o resto da parentela para pedir que não ficassem muito tempo, porque depois de cada visita mamãe ficava exausta e o médico havia recomendado que a deixassem tranquila. A tia Joaquina encarou isso como uma agressão do velho (nunca haviam se dado bem) e tanto ela quanto minha prima Rosalba deixaram de vir.

Às vezes também chegava o vovô Javier (o velho não se atrevia a limitar as visitas dele à filha) e, com a saudável intenção de animá-la, contava-lhe piadas (tinha uma coleção interminável), mas só conseguia que a enferma sorrisse sem vontade, como uma última demonstração de amor filial.

Mamãe morreu num domingo, às três e dez da tarde. Já fazia mais ou menos uma semana que não falava e, quando abria os olhos, não sabíamos se ela olhava algo ou alguém, ou simplesmente nos informava que ainda existia. Antes de morrer, não pronunciou nenhuma daquelas frases dignas de serem recordadas pelos familiares nem deu nenhum conselho final e taxativo. Simplesmente parou de respirar.

Era o segundo cadáver de minha história. O primeiro havia sido o do Dândi. Curiosamente, quando Norberto, Daniel e Fernando apareceram para o velório, surgiu o nome do Dândi, de quem fazia um bom tempo que (numa espécie de exorcismo) não falávamos. O certo era que o rosto de mamãe no caixão era muito diferente daquele do Dândi lá no Parque. Mamãe tinha uma expressão tranquila, como de descanso final e bem-vindo, ao passo que o Dândi havia terminado com uma careta de angústia. O velho pediu ao seu irmão, o tio Edmundo, que se ocupasse de funerária, velório e enterro, e trancou-se na cozinha para tomar mate. Não quis ver ninguém.

Elenita andava pela casa como uma alminha penada, de modo que a levei comigo para a água-furtada e fiquei lhe falando de assuntos sérios, embora nem sempre relacionados com a morte. Em seus oito anos, ela estava totalmente desconcertada ante aquela imagem de mamãe imóvel, surda e muda. "Elenita", disse eu, enquanto a acariciava, "isso é a morte: a quietude total, a surdez total, a mudez total. E não pensar. Nem sonhar". "E sentir dor?", perguntou ela, fazendo um biquinho que me comoveu. "Não, também não se sente dor." Num primeiro momento, aquilo pareceu conformá-la, mas de repente ela atentou para a figueira. "Veja, Claudio, a figueira não se mexe, não ouve, não fala, não pensa, não sonha, não sente dor, mas está viva, não? Vai ver que a mãezinha está como a figueira." Sempre fui mau perdedor, então respondi: "Não, Elenita, a figueira não é uma pessoa. Segue outras leis." Isso das leis, já que ela não pôde entender, impressionou-a bastante, de modo que por sorte se calou.

Juliska fala castelhano

Embora jamais tivesse ousado espiar nenhuma das páginas, eu sabia que o velho escrevia quase diariamente nuns cadernos, em cujas capas havia sempre uma etiqueta: *Rascunhos*. O que ele anotava ali? Eu nunca soube, mas a partir da doença de mamãe, o velho suspendeu essa tarefa e trancou com chave aqueles cadernos.

Somente no dia seguinte ao do enterro, papai deixou sua fortaleza da cozinha e se reintegrou à vida familiar. Já fazia uns seis meses que havia se incorporado à família uma iugoslava quarentona, chamada Juliska (pronuncia-se Yuliska), que se encarregava, com uma bravura digna de melhor causa, de todos os afazeres domésticos. Tratava-nos, Elenita e eu, com bastante severidade e com um castelhano rudimentar, cuja confusão de gêneros resultava num involuntário efeito humorístico. Seus cavalos de batalha eram frases como esta: "O que diria mãe sua se visse senhor com o camiso sujo?" Mas mãe minha já não estava.

Juliska fazia parte de uma migração de mulheres eslavas que nos anos 1930, fugindo da miséria e de outras ninharias, chegavam de navio a Montevidéu. Uma vez em terra, sentavam-se na calçada a fim de serem escolhidas por senhoras montevideanas que as contratavam para o serviço doméstico. Durante a viagem aprendiam rudimentos de castelhano, na maioria palavras soltas, que depois elas usavam de modo caótico, mas sem a menor timidez. Diante da enfermidade de mamãe, uma vizinha se oferecera para ir ao porto e ali selecionara Juliska, que afinal se mostrou uma boa escolha. Tinha um aspecto de camponesa, saudável e forte, e se penteava fazendo uns coques que depois prendia (eu nunca soube como) sobre a nuca.

Os ruídos haviam incomodado mamãe em suas últimas semanas, de modo que o estado normal da casa era o silêncio. Este continuou vigorando durante longas semanas após sua morte. Todos falávamos devagar e em voz baixa. Era um silêncio compacto, inexpugnável. Uma espécie de luto oral, que chegou a ser asfixiante para mim. Às vezes Elenita ia ao meu quarto lá em cima, fechávamos a porta que se comunicava com o resto da casa e então, com uma sensação de alívio, conversávamos como antes.

O curioso era que ninguém tinha imposto aquele silêncio (exceto mamãe, em seus últimos tempos) e no entanto todos o respeitávamos. Foi assim até uma tarde (nublada, fria) em que o velho chegou do trabalho, nos reuniu na cozinha (que era algo assim como seu escritório) e nos comunicou: "Chega de sussurros. A partir de hoje, nesta casa, falaremos todos como pessoas normais." Juliska foi a primeira a acatar prazerosamente a ordem. "Que bom notício!", disse aos gritos. "Eu já estava aborrecido com tanta silência." Nesse instante, as nuvens se moveram lá em cima e o sol invadiu o pátio.

Durante os seis meses de luto oral, eu tinha passado no exame de admissão ao secundário (como era de se esperar, os parabéns não foram para mim, mas para o senhor Fosco) e já frequentava regularmente o Liceo Miranda, da rua Sierra. Era um pouco mais velho (um ano, ou pouco menos) do que quase todos os meus colegas de turma, porque, em minha longa convalescença, havia perdido um período inteiro de aulas. Apesar disso, não se notava a diferença, já que nessa época eu era bem miúdo.

Mesmo assim integrei, confesso que com pobres resultados, o time de basquete, mas em compensação participei com sucesso da jornada inaugural da Plaza de Deportes, a que ficava em frente à Iglesia de la Aguada. Corri 400 metros rasos e ganhei por vários metros do *Coelho* Alonso, que era o atleta número um do liceu e o favorito das meninas. No final da corrida, em vez de se aproximarem para me felicitar, elas o rodearam para consolá-lo. Foi meu primeiro diploma de injustiça social. De qualquer maneira, o *Coelho* não me perdoou essa afronta, de modo que no ano seguinte, no interesse da paz universal, deixei que ele me vencesse (só por meia cabeça, hein?) nos 800 rasos. Desde então fomos bons amigos e em várias ocasiões permiti que ele colasse de mim nas provas escritas, particularmente nas de matemática.

Quando me encontrava com Norberto (que frequentava a Sagrada Familia), com Daniel (matriculado no Elbio Fernández) ou com Fernando (aluno do Liceo Francés), não falávamos de estudos, mas de futebol. Às vezes íamos todos ao estádio e o assunto durava a semana toda. Mas, uma vez em que Norberto subiu pela figueira e entrou no meu quarto, considerei que era o momento de lhe perguntar por sua prima. "Que prima?" "Rita." "Eu não tenho nenhuma prima." "Como assim? Você não tem uma prima Rita que mora em Córdoba?" "Estou lhe dizendo que não. De onde você tirou esse disparate? Não tenho primas! Nem sequer primos, portanto não venha me inventar um, de uma hora para outra."

Já não recordo o que acrescentei para justificar meu interesse, mas o assunto parou ali, sem outra explicação, com a figueira como testemunha envolvida. Quem podia saber melhor do que eu que Rita era uma garota de carne e osso? Eu não tinha sonhado sua presença em minha água-furtada. Além disso, ela me beijara, e os fantasmas não beijam. Ou beijam?

Festa no bairro

O que eu temia: o velho começou a falar de uma nova mudança. É verdade que a casa de Capurro, sem mamãe, já não era a mesma. Mas, ainda assim, era *minha* casa. Onde encontrar outro quarto com uma figueira que chegasse à minha janela? Capurro era o *meu* bairro. Ali estavam meus amigos, o Parque, o campo do Lito. Só Juliska me apoiava: "Mudanço para quê? Esta bairra é bem linda. Para onde vão e conseguem um caso como este? Grande, barato, cinco dormitórias." Mas o velho queria sair de lá. Dizia que cada canto da casa lhe recordava mamãe e ele queria terminar de uma vez por todas com aquele pesar doentio. Impressionou-me que ele dissesse doentio. Queria viver de novo, acrescentou. "Além disso, não quero só mudar de casa, mas também de bairro." Eu perguntava, sem grande esperança, já que ele estava realmente obstinado: "E não vai sentir falta da cozinha e do mate?" "O mate eu levo comigo e cozinha existe em qualquer lugar."

Só quando me convenci de que a coisa era a sério, comecei minhas despedidas. Do bairro, da rua, dos amigos. Para começar, no sábado fui ao campo do Lito. O time local estava enfrentando o Fénix, seu vizinho. Um verdadeiro clássico. As mesmas pessoas que noite após noite jogavam truco nos bares, compartilhando cervejas ou grapas com limão, e festejando os acertos e as mancadas com grandes risadas, ali no campo se odiavam com unção e perseverança e até podiam sair no tapa. Como costuma acontecer nesses casos, nunca faltava um apartador que em geral recebia algum tabefe perdido e apesar disso lembrava-lhes o quanto tinham em comum. A contragosto, os rivais trocavam um aperto de mão e a paz reinava pelo menos até o segundo tempo.

Naquela tarde o Lito derrotou merecidamente o Fénix, mediante duas jogadas excepcionais. Primeiro foi o "gol antológico" (assim definiu o cronista esportivo de *El Diario*, único órgão de imprensa que se ocupava com certo detalhe das divisões inferiores) obtido pelo Ñato, que driblou sete ou oito adversários e, enfrentando o goleiro, deu com o pé esquerdo um chute descomunal que bateu na trave, fazendo-a tremer, e em seguida, com o arqueiro já totalmente deslocado, introduziu a bola com suavidade ("com vaselina", disse o cronista de sempre) junto à trave esquerda. Só um minuto depois veio um contra-ataque do Fénix, e o Lobizón derrubou com uma cabeçada o centroavante deles, no meio da área de pênalti e bem na cara do árbitro, que não teve outro remédio a não ser apitar com profissionalismo e marcar de imediato a falta fatídica. O artilheiro do Fénix, um jogador infalível na execução da penalidade máxima, mandou a pelota de maneira impecável para um ângulo do arco, mas o goleirinho litense, uma recente promoção dos juvenis, voou até aquele projétil envenenado e o baixou até sua garganta, no meio daquela gritaria tão peculiar que costuma explodir depois do pânico. Como faltavam menos de sete minutos para o final, a torcida do Lito invadiu o campo e foi preciso esperar quinze minutos para que se pudesse jogar os minutos restantes. Ainda bem que os atletas do Lito executaram uma impressionante retenção de pelota, já que o goleirinho recém-estreado, em consequência da incontível efusão dos torcedores, havia ficado coxo e meio torto, condições que não costumam ser as ideais para um goleiro. Em qualquer partida normal, o treinador o teria substituído pelo reserva, mas naquele domingo o Lito não tinha treinador (a mulher dele estava em trabalho de parto, o primeiro) nem goleiro reserva, já que o titular havia contraído rubéola (doença que estava então na moda). De modo que o único recurso era evitar que os cobiçosos dianteiros do Fénix chegassem até o arco do Lito. E não chegaram.

A ruidosa comemoração do bairro durou até a madrugada, e nos bares da rua Capurro e arredores houve um consumo extraordinário de aguardente, vinho tinto e até sidra, graças a várias rodadas patrocinadas por um endinheirado sócio fundador do clube vitorioso.

    Como fecho de ouro, por volta da meia-noite fez sua aparição o treinador pai estreante, já totalmente de porre, que no meio da rua abriu os braços entre risadas, soluços e gemidos: "É macho, rapaziada, é macho!" Diante dessa loteria de felicidades, ao endinheirado sócio fundador não restou alternativa a não ser pagar outra rodada, desta vez de champanhe.

    Considerada também como minha despedida pessoal do Lito, aquela jornada não foi nada desprezível. Dessa vez eu tinha ido ao jogo sem o velho, que ainda não estava maduro para novas emoções, e voltei muito tarde para casa. Já fazia uma semana que eu tinha chave própria, de modo que pude entrar discretamente e me escafeder em silêncio até meu habitáculo. Por outro lado, o champanhe (eu também tinha entornado duas taças) me subira ao cocoruto e me fazia ver dois degraus para cada um da escada, de modo que se não despenquei lá de cima foi porque Deus e/ou o Lito são grandes.

    No dia seguinte, só Juliska detectou minha escapada: "Senhor chegar noite tardíssima", me sussurrou, enquanto preparava o desjejum. O velho, que já estava com seu mate, escutou-a (mamãe sempre dizia que ele tinha "ouvido de tuberculoso") e esboçou um sorriso condescendente, por trás da bomba. "Imagino que o Lito venceu. Que escândalo." Minha cabeça doía um pouco, mas contei-lhe sumariamente as peripécias da partida (o gol do triunfo, o pênalti atalhado) e da comemoração, naturalmente excetuando minhas degustações. Creio que ele se divertiu com o relato. Embora sua adesão intelectual fosse para o Defensor, seu coração bairrista ainda era do Lito.

O Parque estava deserto

Em seguida saí à rua. Ainda era cedo e, depois da farra da véspera, todos curtiam o pileque em suas casas. Além disso, era domingo. Eu queria me despedir do Parque. Soprava um ventinho fresco, que acabou de me acordar. Sempre que eu me lembrava do champanhe, me vinha uma ameaça de náusea, mas percorridas três ou quatro quadras comecei a me sentir melhor.

O Parque também estava deserto. Depois do "episódio" do Dândi e de minha posterior investigação individual, eu não voltara lá, mas tinha de me despedir. E me despedir sozinho, sem os outros. O Parque havia sido, desde que nos instaláramos em Capurro, um lugar muito importante para mim. Quantas corridas, quantas batalhas. Nossos esconderijos tradicionais estavam agora cheios de folhas secas, e nos pontos onde restava algum musgo viam-se gotinhas que podiam ser de orvalho ou de algum chuvisco temporão. De repente, introduziu-se através das folhas das árvores um sol intermitente. Foi nesse momento, diante daquela beleza inesperada, que senti um nó na garganta, e já não eram efeitos do champanhe.

Tive consciência de que algo terminava, de que, com aquela chave que o velho me confiara dias antes, também estava se encerrando a minha infância. Sentei-me sobre um montículo com grama. Estava úmida e a sensação de frio me trespassou a calça, ainda curta, mas não me levantei. Fiquei insuportavelmente piegas (agora vejo assim, mas não naquele domingo) e senti que aquela umidade ou as gotinhas do musgo eram como que as lágrimas do Parque, eram seu estilo peculiar de me dizer adeus. O Parque e minha infância se fundiram numa imagem que também era sabor, cheiro, toque, sons.

Uns quantos pardais percorriam suas próprias rotas, que nem sempre coincidiam com as que haviam sido nossas. Paravam, me olhavam, às vezes vinham até meus chinelos verdes, mas não se intimidavam. Também havia abelhas, mas estas sempre me preocuparam, porque certa vez sofri suas picadas e fiquei três dias com a cara que parecia um globo. A única defesa era me manter imóvel. Elas andaram pelo meu antebraço, que ficou arrepiado, e, após uma meticulosa inspeção, afastaram-se em busca de terrenos mais propícios. Só então me mexi e os pardais fugiram, assustados. Com certeza, até aquele momento haviam acreditado que eu era uma árvore, mas todos os dias (mesmo no mundo pardalício) se aprende algo novo.

Durante outra meia hora, o Parque e eu choramos nossos adeuses: ele, com seu orvalho que ia se evaporando; eu, com umas poucas lágrimas que rapidamente secaram. De repente tomei consciência de que estava me sentindo como um personagem de De Amicis, e aí acabou o sortilégio. Eu não era personagem de ninguém. Caminhei até a rua e já era outro, ou seja, eu mesmo.

Estava perto de casa quando me encontrei com Fernando. Contei que o velho queria se mudar e que logo deixaríamos o bairro. Sua resposta me encheu de surpresa: "Nós também vamos embora. É provável que voltemos para Melo." "E os liceus?" "Não sei. Nada está decidido. Pode ser que nos deixem com um tio da mamãe." "E Daniel, o que diz?" "Daniel quer ficar e eu também, mas você sabe como são essas coisas. São eles que decidem."

Já junto da minha casa apareceu Daniel, que justamente havia ido me procurar. Ele, que sempre brilhava tão seguro com sua erudição detetivesca, agora estava apagado e tristonho. Também para eles, Capurro havia sido um lar ampliado. "Como faremos para nos comunicar, para nos encontrar?", perguntou Fernando. "Daremos um jeito", respondi. Mas nunca demos. E quando deixamos Capurro e o Parque e o campo do Lito e o "episódio" do Dândi, também deixamos ali nossa amizade. Somente vários anos depois me encontrei com Daniel, e foi tudo diferente. Ambos estávamos uns vinte centímetros mais altos, ele usava óculos e eu, bigode; ele e Fernando tinham brigado e já fazia muito tempo que não se falavam. Eu havia deixado os estudos e ele (que já não lia romances policiais) cursava tabelionato. Seus pais tinham se divorciado. Fernando era árbitro de futebol. E, o mais curioso, nem eles nem eu havíamos voltado a Capurro, nem sequer para um resgate de lembranças. Como se tivéssemos congelado nossas saudades e não nos atrevêssemos a compará-las com as novas realidades.

Mas tudo isso foi depois, muito depois. Naquela manhã de domingo, nós três estávamos convencidos de que aquele mundo peculiar que havíamos criado e desfrutado continuaria nos abrigando e nos unindo. Assim como eu, Fernando e Daniel tinham recebido as chaves de sua casa, justamente as casas que íamos deixar, aquelas que logo fechariam suas portas para nos abandonar à boa (ou à má) vontade de Deus.

Até a vista

Despedir-se de Mateo foi para Claudio quase mais difícil do que se despedir do Parque. O cego sempre lhe falava como se ele tivesse cinco anos mais; talvez porque só podia se guiar por sua voz, por suas perguntas prementes, por sua curiosidade mobilizadora. O simples fato de que o diálogo circulasse por um nível mais elevado que o de suas conversas familiares ou o da convivência no bairro fazia Claudio aguçar sua atenção e ainda, numa inesperada consequência física, esticar o pescoço, como se esse esforço o ajudasse a compreender mais e a captar melhor o que o cego lhe dizia.

Sem dúvida Mateo possuía uma formação e uma informação culturais pouco frequentes num rapaz de sua idade. Seus pais usufruíam de uma posição econômica relativamente boa (eram donos de campos produtivos em Durazno, administrados por dois sobrinhos muito eficazes, que lhes asseguravam uma renda estável) e tinham condições de lhe proporcionar todos os elementos e instrumentos culturais que ele solicitava. Lia em Braille a uma velocidade incrível, dispunha de um excelente toca-discos e de um aparelho de rádio com notável alcance em onda curta. Falava inglês e francês e se entretinha em aperfeiçoar esses conhecimentos escutando os boletins informativos da BBC e a onda curta francesa.

"Com que então, vai nos abandonar?" O tom algo melancólico de Mateo não era fingido. Ele se acostumara às frequentes conversas com aquele garoto esperto e por isso mesmo vulnerável. Gostaria de continuar transmitindo-lhe dúvidas e certezas, a fim de criar-lhe defesas para os anos vindouros, cujo desenvolvimento ele não via (ou melhor, não imaginava) com clareza.

"E para onde o levam?" "Para Punta Carretas. Junto à Penitenciária." "Não olhe demais para ela, hein? Esses mundos fechados e ao mesmo tempo proibidos costumam ter um poder de atração. Em compensação, lá em Punta Carretas você tem o farol. Melhor se dedicar a ele, assim algum dia pode me contar o que ele ilumina e como ilumina. Nós cegos, como não vemos os muros (mal os tocamos), descobrimos, ou talvez inventamos, outra dimensão da liberdade, temos mais tempo para pensar nela do que os que enxergam. Por exemplo, agora, diante do que você me conta sobre seu novo bairro, não tenho vontade de imaginar os muros da prisão, mas gostaria de ver (e não simplesmente imaginar) a luz intermitente do farol."

Enquanto falava, Mateo movia as mãos, às vezes apertava os dedos. Claudio, sem a menor noção de inoportunidade, perguntou-lhe por que movia tanto as mãos. "María Eugenia costuma me perguntar a mesma coisa e eu não sei responder com clareza. Às vezes faço isso conscientemente e outras não. Talvez seja um modo estranho de me localizar no ambiente, de me situar no espaço. Fico muito ridículo, quando movo as mãos?" "Não, não foi por isso que perguntei", esclareceu enfaticamente o garoto, que ficara vermelho como um tomate. "Simplesmente me chamou a atenção, porque percebi seu gesto como uma linguagem que nem sempre eu entendia." "Viu? Agora, o tom de sua voz me indica que suas bochechas se coloriram." Claudio ficou mais rubro ainda. "Não se envergonhe de nenhuma pergunta, se for sincera. Geralmente, as mais credoras de vergonha são as respostas, porque nelas é mais comum que apareça a dissimulação: quando a gente pensa uma coisa mas diz o contrário. Esse é outro de nossos escassos privilégios: penso que nós cegos detectamos melhor a hipocrisia. O hipócrita pode disfarçar sua dubiedade com um gesto, um olhar, uma piscadela, e assim rodear-se de uma aura falsa de sinceridade diante do interlocutor desvalido. Mas, a nós, só chega do hipócrita a voz, a voz sem maquilagem, tal como é, com sua mentira bem exposta."

Claudio se manteve em silêncio, com a cabeça baixa e os punhos crispados. Depois disse: "Alguma vez você notou que eu lhe mentia, ou não lhe dizia toda a verdade?" Mateo soltou uma risada. "Não se preocupe. Você é um menino franco, limpo, de boa-fé. Por isso gosto de nossas conversas." Claudio levantou a cabeça e afrouxou os punhos, mas o amigo acrescentou: "Somente uma vez me pareceu, não que você mentia, mas que não me dizia toda a verdade. Foi naquela tarde em que me contou sobre o Dândi, quando o encontraram no Parque. Ele estava realmente dormindo?"

A voz de Claudio ficou rouca: "Não. Estava morto. Se eu não lhe disse, não foi por desconfiar de você, mas porque nós quatro havíamos jurado não falar daquilo com ninguém." "Está bem, mas então por que falou comigo?" "Porque sabia que você não ia comentar." "Ai, que complicado. E, mesmo assim, não me disse toda a verdade." "Não, e fiz mal." "Talvez tivesse sido melhor não me contar nada. As meias verdades são sobretudo meias mentiras. Mas não se preocupe. Já passou. E, além disso, eu não comentei com ninguém."

Nesse instante a luz elétrica deu sua ritual piscadela das oito. "Já são oito, não?", disse Mateo, e Claudio optou por não se assombrar. Simplesmente respondeu: "Sim, e por isso tenho que ir. Na realidade, não vim exatamente me despedir. Por enquanto, é só um adeusinho. Virei ver você mais de uma vez."

"Até a vista, então", disse Mateo, como que zombando de si mesmo.

Incompatibilidades

Na realidade, uma nova mudança que o velho teve em seu trabalho (foi nomeado administrador de um bom hotel de Pocitos) havia decidido nosso próximo destino. Fomos morar em Punta Carretas, rua Ariosto, ao lado do cárcere. Precisamente essa vizinhança pouco esplendorosa barateava o aluguel. Por outro lado, era uma casa ampla, de modo que o velho, a fim de equilibrar o orçamento, decidiu sublocar um dos quartos que davam para a rua e que se prestava a esse fim, já que dispunha de sacada e de um banheirinho particular.

    Depois de terem aparecido vários candidatos, com os quais o velho não chegou a um acordo, a subinquilina escolhida foi uma estudante avançada de arquitetura. Chamava-se Natalia, era chilena e tinha um namorado ("ou algo assim", definiu a língua viperina de Juliska), colega de faculdade, que vinha estudar com ela quase todos os dias.

    Desde o início, Juliska e Natalia não se deram bem, e como a iugoslava deixou bem claro que não se ocuparia da limpeza do quarto e do banheiro da chilena e tampouco faria comida para ela, quando Natalia ia à cozinha (à qual tinha pleno direito), a fim de preparar para si algum prato, Juliska se retirava para seu quarto de serviço e ali se confinava até que a outra deixasse o campo livre. Ante esse conflito, o velho se mantinha alheio e neutro, mas Juliska procurava me envolver e diariamente me vinha com fofocas sobre Natalia. "Não é decenta. Não é decenta. Esse namorado não é namorado mas macha. Senhor vai ver ela sai grávido." O modo de falar de Juliska, com essa confusão sistemática de gêneros, que para o velho, para minha irmã e para mim constituía uma espécie de dialeto incorporado à linguagem familiar, fazia a chilena se dobrar de tanto rir, e poucas vezes ela conseguia disfarçar. Depois, quando vinha o namorado, Enrique, ou Quique, como Natalia o chamava, esta imitava a iugoslava e as gargalhadas do outro chegavam até a penitenciária. E, embora Juliska não atribuísse esses festejos à paródia de sua fala (no fundo, considerava que seu castelhano era de Academia), tampouco a faziam feliz essas risadas, que segundo ela eram "bastardos e canalhos".

A boa convivência

Do outro lado do cárcere, exatamente na rua Solano García, moravam meu avô Javier e minha avó Dolores, a eterna doente. A casa deles, bastante modesta, ficava entre os fundos da igreja (Nuestra Señora del Sagrado Corazón) e o local que fora ocupado pela já célebre carvoaria *El Buen Trato*, onde se forjou e se levou a cabo a fuga de Rosigna, Moretti e outros presos, graças ao túnel que foi escavado a partir da carvoaria.

Eu me divertia ao visitar os avós. Nos fundos da igreja havia um amplo pátio fechado. Uma parede de tijolos o separava da rua, e uma alta tela de arame, da casa dos avós. Ali os padres arregaçavam as batinas, e aos domingos, depois da missa das onze, jogavam futebol com a molecada do bairro, que frequentava a igreja para se confessar e comungar, não tanto para consubstanciar-se com o corpo de Cristo quanto para jogar futebol com seus confessores e guias espirituais, que além disso (detalhe não desprezível) eram os donos da bola.

Ao assistir àquelas partidas, eu pensava que os confessores, por sua vez, teriam de se confessar, já que matizavam o jogo com palavrões nada evangélicos e até chegavam a tacar algum soco no nariz do blasfemo que se atrevesse a conter os avanços eclesiásticos com uma falta brusca demais. Os curas ganhavam sempre, como era cabível, mas os garotos curtiam ao vê-los tão eufóricos e arbitrários. De vez em quando, um dos mais ousados dizia ao cura-zagueiro da vez: "Seu vigário, não esqueça que é preciso dar a outra face", e o sacerdote respondia: "A outra face, sim, seu cretino, mas não a outra perna. Se você me der mais uma patada, eu o expulso e o mando rezar dez padre-nossos e vinte ave-marias."

O que mais me divertia, porém, era a versão do vovô (sobreposta à da vovó) a respeito da fuga dos anarquistas. "Sua avó, que tem bom ouvido e sofre de insônia, escutava durante as noites uns ruídos estranhos no local vizinho, e sempre me dizia: 'Esses aí não são carvoeiros nem nada que se pareça com isso.' Eu replicava: 'Fui testemunha de que eles vendem carvão.' E ela: 'Como se vendessem alfaces. Esses sujeitos têm uma maquininha e durante a noite fabricam cédulas. Você vai ver.' Manteve sua tese obstinadamente. Quando vinha um caminhão pela rua dos fundos e os de *El Buen Trato* carregavam sacolas e mais sacolas, sua avó dizia: 'Não lhe parece uma carvoaria meio estranha? Em vez de trazer carvão, eles o levam. Essas sacolas devem estar cheias de notas falsas, aquelas que eles fabricam à noite com uma maquininha que não me deixa dormir.' Eu respondia que não, que as sacolas eram para a distribuição do carvão em domicílio. E ela: 'É a primeira carvoaria que distribui aos domingos. Já notou que o caminhão só vem aos domingos?' Bom, depois tudo se esclareceu. As sacolas não continham cédulas falsas, mas terra verdadeira, a que eles extraíam para fazer o túnel."

O vovô tinha me contado a história várias vezes, claro que sempre com alguma mudança. Acho que no final ele criava um enredo com a realidade, a versão da vovó e a que sua própria imaginação acrescentava. O fato é que, no dia da fuga, ele os tinha visto sair pelos fundos da carvoaria e entrar num carro que os aguardava na rua de trás, ou seja, a Joaquín Núñez, um pouco mais à frente de onde estacionava o caminhão dos domingos. Ficara surpreso com que aqueles homens saíssem correndo e sem sacolas, mas os fugitivos tinham lá suas razões para tanta pressa.

A vovó não recuou de sua teoria das cédulas falsas. "Talvez fossem mesmo prisioneiros", admitia, "não tenho por que negar, mas devem ter fugido com a grana que falsificaram em todos esses meses. Com certeza já estão em Paris, aproveitando a vida no Folies-Bergère, pagando tudo com o dinheiro que fabricaram aqui ao lado." Para a vovó, Paris e o Folies-Bergère eram o suprassumo, o máximo dos máximos, de modo que ela não podia imaginar um destino mais glorioso para os ex-presidiários do que frequentar aquele paraíso terreno. "Depois de passarem tanto tempo no xadrez, eu imagino como esses coitados desejavam ver umas pernas de mulher. E se fossem de francesas, muitíssimo melhor." E, enchendo de nostalgia seus olhos de míope: "Quando eu era muito jovenzinha, minha tia Clorinda, que era meio maluca mas muito empolgada, sempre dizia que eu tinha pernas de francesa. E não só ela. O espelho também dizia."

A doença da vovó era uma estranha e penosa forma de reumatismo, que, como é óbvio, não lhe afetava a língua, já que ela falava e falava sem parar. O assunto da carvoaria alimentou sua verborragia por uns cinco anos. Quando o vovô trazia a imprensa diária, com as notícias da evasão e dos posteriores confrontos entre fugitivos e polícia, ela se refugiava no sarcasmo: "Javier, você sempre me disse que a imprensa mente, calunia, distorce os fatos. Então, como pode acreditar agora nessas baboseiras? Eles dizem tudo isso porque têm vergonha de reconhecer que os sujeitos estão em Paris, divertindo-se com o cancã e pagando com francos iguaizinhos aos legais da França. Olhe, se eu não estivesse tão tolhida, teria ido com eles. Estes, sim, que são gente de iniciativa, e não como você, que sempre foi um sedentário, fiel ao seu destino de poste." O vovô silenciava, sóbrio, embora eu percebesse o que ele estava pensando: afinal, era lógico que sua mulher, que só ia do sofá para a cama e vice-versa, suspirasse por um destino de nômade.

Ainda assim, e ao estilo deles, os dois se amavam, disso tenho certeza. E o vovô daria dez anos de vida para que ela se curasse e pudesse sair e se divertir, se não no Folies-Bergère, pelo menos no corso da Dieciocho.

Gente que passa

Saindo de Punta Carretas, o novo emprego do velho ficava relativamente próximo, mas o mesmo não me ocorria com o Liceo Miranda. Eu tinha de pegar duas linhas de ônibus, ou um ônibus e um bonde, de modo que, exceto quando chovia ou ventava muito, preferia retornar a pé. Vinha por Sierra, Jackson, Bulevar España, 21 de Setiembre, Ellauri até a Penitenciária, que era (isola, sai pra lá!) meu destino final.

Até então eu tinha vivido mais ou menos confinado em Capurro, e talvez por isso passei a gostar bastante da longa travessia, que nem sempre seguia o mesmo itinerário, já que em certos dias incluía um trecho pela Dieciocho. Nessas ocasiões, eu me detinha um bom tempo em alguma esquina, dedicando-me exclusivamente a observar a passagem das pessoas, que, com suas urgências ou sua pachorra, constituíam para mim uma novidade, uma descoberta. À medida que elas iam flanqueando minha concorrida solidão, eu anotava mentalmente suas peculiaridades e obsessões. As mulheres, seduzidas pelas vitrinas e pelas últimas modas que estas exibiam, paravam fascinadas, com certeza decorando feitios, cores, modelos, preços. Depois saíam disparadas, porque sempre chegavam atrasadas a algum lugar. Os homens, mais definidos ou obcecados, quando iam comprar alguma coisa entravam diretamente na loja ou na papelaria, perdendo assim a fruição das vitrinas, em cuja oferta não desperdiçavam tempo.

Também era grande o número de estudantes, de ambos os sexos, especialmente quando eu me aproximava da Universidade. Em geral circulavam em grupos, com os rapazes assediando as moças, e estas, de braços dados entre si para se sentirem fortes, devolvendo os galanteios coletivos e as piscadelas individuais com tiradas irônicas e cochichos fingidos. Os transeuntes adultos às vezes se entreolhavam, incomodados ante essa lição de proveitosa frivolidade, cada um solidário com o tédio do outro e esperando não encontrar de repente um filho ou uma filha no meio daquela tropilha de irrequietos, tão ruidosos quanto joviais.

Do meu ponto de observação numa esquina qualquer (geralmente eu escolhia a de Dieciocho com Gaboto), fui aprendendo detalhes e matizes da conduta humana, e tal visão panorâmica chegou a se tornar, para minha inexperiente natureza, um exercício apaixonante. Por essa época eu lia muitos livros, particularmente romances. Já fazia tempo que abandonara De Amicis, Verne e Salgari, e agora me dedicava a estabelecer as diferenças mais elementares entre os personagens de Victor Hugo, Dickens ou Dostoievski e os apagados montevideanos que eu tinha à vista.

Durante certo período tive a obsessão de efetuar comparações imaginárias entre os mendigos da literatura e os da vida real, mas os pedintes não abundavam em Montevidéu. Por fim descobri um, a quem faltavam as pernas, e uma tarde me entretive em calcular quanto, aproximadamente, ele havia arrecadado naquelas poucas horas. Multipliquei a cifra primeiro por dois, já que ele mendigava em horário duplo, e depois por trinta, para avaliar a entrada mensal, e cheguei à surpreendente conclusão de que ele ganhava muito mais do que meu pai como administrador de um bom hotel. Nessa mesma noite comentei o assunto com o velho e este, para meu assombro, não morreu de inveja. Simplesmente comentou: "A diferença substancial entre seu mendigo e eu não reside no que recebemos diária ou mensalmente, mas no fato de que eu pelo menos tenho minhas pernas: com varizes e joanetes, mas tenho. Acha pouco?" Não, eu não achava pouco. Mas meu mendigo nem sequer me servia para ser comparado com os de Victor Hugo. Evidentemente, éramos um país tão jovem, tão pouco desenvolvido, que nem sequer tínhamos Pátio dos Milagres. Presume-se que mais adiante iremos nos desenvolvendo, para assim gerar nossa mendicidade vernácula.

Uma ou outra tarde, eu mudava meu itinerário e vinha por Agraciada, Rondeau, até a praça Cagancha, lugar este que para mim era inseparável de uma imagem única, que sempre esteve pendurada em minha memória. Durante os jogos de Amsterdã, 1928, quando o Uruguai foi pela segunda vez campeão olímpico de futebol, todo o país ficou atento a essas partidas. No dia em que o Uruguai enfrentou a Itália, o velho me levou à praça Cagancha. Ali, nas grandes lousas do diário *Imparcial* iam aparecendo os detalhes mais importantes do jogo: "Avante, Uruguai", "Itália cede corner", "Gol italiano", "Grande reação da equipe uruguaia" etc. Chovia a cântaros, e centenas de guarda-chuvas formavam uma espécie de teto sobre a praça lotada. Eu era então um menino (cinco ou seis anos), mas não esqueci minha sensação de insignificância sob aquela estranha cobertura, assim como minha constante vigilância para que as goteiras dos guarda-chuvas não caíssem sobre meus sapatos, precaução totalmente inútil, pois de todo modo eles estavam encharcados. No final, o Uruguai ganhou por 3 a 2. Eu, em contrapartida, ganhei um resfriado que quarenta e oito horas mais tarde se transformou em gripe.

Mas isso foi em 1928. Agora, a rua tinha atrativos menos folclóricos. Por exemplo, as mulheres. Especialmente quando chegava a primavera. Com os primeiros calores, elas começavam a perder panos como se estes fossem escamas: primeiro os casacos e impermeáveis, em seguida as jaquetas e os pulôveres, depois trocavam as mangas compridas pelas curtas, e por último ficavam sem mangas e sem meias (que festival de pernas!), e havia até quem exibisse uma parte de seus lindos ombrinhos.

O repentino aparecimento da pele (fresca, novinha, muito clara no começo, mais escura à medida que a temporada de praias avançava) me comovia profundamente. O peculiar era que, mais do que as estudantes, quase adolescentes, me atraíam as pulcras empregadinhas de uniforme que ao meio-dia deixavam por uma hora seus postos nas lojas da Avenida para acomodar-se num café ou em algum banco da praça dos Treinta y Tres, onde, enquanto conversavam, consumiam o lanche que haviam trazido de casa. Em seus gestos e cochichos, diferenciavam-se dos modos estudantis, entre outras razões porque seus grupinhos não eram mistos (as lojas empregavam mais mulheres do que homens).

Nunca me atrevi a abordá-las ou a lhes perguntar algo (convém considerar que eu era pelo menos uns dez anos mais novo do que elas, e não me distinguia pela minha coragem), mas me deleitava em contemplá-las. Além disso, acho que as admirava porque trabalhavam e recebiam um salário, dois detalhes que ainda faltavam em meu currículo. Por outro lado, meu interesse não se dirigia a nenhuma em particular, todas me atraíam como coletivo.

Tenho a impressão de que esses retornos a pé, do liceu até minha casa, significavam para mim algo como a descoberta da liberdade. Pouca descoberta e magra liberdade. Mas já era alguma coisa. Eu podia demorar duas horas, ou quatro, em meu safári cotidiano. Ninguém me pedia satisfações pelos eventuais atrasos, nem sequer Juliska. Fosse como fosse, o velho voltava muito mais tarde e eu o esperava para jantar. Juliska costumava nos preparar pratos de sua terra e havíamos tomado gosto por aquela culinária exótica. Quase por obrigação, o velho me perguntava pelos meus estudos, e eu respondia, também por obrigação, com dados sumaríssimos e evitando aquelas referências que podiam provocar nele não exatamente preocupação, mas o dever de se preocupar.

Nem Natalia nem muito menos Quique comiam alguma vez conosco. Recordo uma rara exceção: num fim de ano em que Juliska não estava (tinha ido esperar a chegada de 1939 com seus únicos parentes, que moravam em Las Piedras), Natalia fez uns nhoques deliciosos. Quique trouxe a sobremesa e o vinho, o velho serviu o champanhe de praxe e nós cinco passamos francamente bem. Somente no final o velho propôs um brinde à lembrança de mamãe, e por esse motivo Elenita chorou um pouco, antes de ir para a cama, disposta a enfrentar seu primeiro sono do novo ano.

Uma ou outra tarde eu me deixava ir até o hotel que o velho administrava. O estabelecimento ficava a duas quadras da Rambla e tinha um jardim com árvores bastante idosas. Ali, o velho se transformava em outro homem: loquaz, eficiente, moderadamente autoritário. Sabia lidar com os hóspedes, em geral portenhos. Era óbvio que o pessoal o respeitava e até parecia estimá-lo. A mim, como filho do chefe, também chegava parte desse benefício, e os garçons, as arrumadeiras e a telefonista me tratavam com a simpatia e a condescendência de que meus recém-completados quinze anos se faziam credores.

Em alguns fins de semana eu ficava ali, lendo entre as árvores, em particular junto a uma araucária que era minha favorita. O ar salitroso que subia da costa, misturado com a fragrância dos velhos pinheiros, me proporcionava uma estranha sensação de bem-estar. Eu aproveitava para respirar a plenos pulmões. Em certas ocasiões, deixava o livro de lado e permanecia imóvel, tão somente escutando os passarinhos e as buzinas que dialogavam lá na Rambla.

Eu me dava bem com o mais jovem dos garçons, um tal de Rosendo, que se especializava em dedicar inocentes diabruras a mais de um cliente. Havia, por exemplo, um militar argentino, septuagenário e reformado, surdo como uma porta. Levantava-se muito cedo e descia para tomar o desjejum no restaurante do hotel. Rosendo ia atendê-lo com um sorriso franco e sistematicamente o general perguntava como estava o tempo. "Milanesa com batatas fritas", respondia o gozador, e o outro, muito condigno, anunciava: "Então vou buscar um cachecol." E se o surdo pedisse: "Por favor, meu rapaz, diga à arrumadeira que esta noite me ponha um travesseiro adicional", Rosendo perguntava com toda a seriedade: "Como o senhor o prefere, meu general? De beterraba ou de aspargos?" "O que for mais macio", dizia o outro, agradecido, e lhe estendia uma boa gorjeta, que Rosendo pescava no ar, sem o menor remorso. Claro, meu pai nunca ficava sabendo de semelhantes improvisações. Várias vezes fui testemunha desses diálogos estapafúrdios e posso assegurar que a atuação de Rosendo era de um esmero verdadeiramente profissional. Por isso não me surpreendi quando o vi, um ano mais tarde, integrando um elenco de teatro amador.

As iniciais

No jardim do hotel encontrei uma tarde, gravadas com faca ou canivete no tronco de um pinheiro, as letras A e A, inseridas num coração canhestramente desenhado, e comecei a devanear sobre aquelas iniciais e o remoto casal a que se referiam. O traço parecia antigo, como se incontáveis chuvas o tivessem lavado e voltado a lavar.
 Antes de ser hotel, aquele velho edifício fora uma confortabilíssima residência de gente abastada. Talvez as iniciais proviessem daquela época. Ocorreu-me que o primeiro A correspondia a um Arsenio e o segundo a uma Azucena. Decidi que teria sido um amor clandestino, ou pelo menos censurado, digamos entre primos-irmãos, ou talvez Arsenio fosse o filho caçula da família e Azucena, uma criadinha adolescente e terna, que afinal teria engravidado e em consequência fora despedida, apesar do desespero de Arsenio, que com certeza ainda não se aprofundara na existência das classes sociais. Também podia ser que Arsenio fosse o chofer e Azucena a mocinha da casa; claro que nessa situação ela não ficaria grávida, já que o chofer, sim, saberia de classes sociais (e de métodos anticonceptivos) e teria consciência das penalidades às quais se expunha por suposta violação de uma menor de boa família.
 Cabia igualmente a possibilidade de que a inicial repetida significasse um cúmulo de solidões, uma espécie de espelho embaçado, ou seja, Arsenio mais Arsenio, ou Azucena mais Azucena, isto é, o traçado de alguém que reclamava companhia mas só achava a de si mesmo, ou de si mesma, e daí inventara um idílio como um rascunho de sentimento, com um prazer tão hedonista e não obstante tão angustioso quanto costumam ser os prazeres solitários. Além disso, A era o iní-

cio do alfabeto, a origem, a identidade primeira. A duplicação vinha a constituir uma insistência, uma obsessão, ou quem sabe a nostalgia de uma origem contígua, de uma identidade paralela na qual se pudesse confiar, a ponto de inseri-la no mesmo coração, elíptica maneira de designar um só mundo, talvez um só amor?

Como se pode ver, eu estava indigestado de leituras românticas e também de simbologia. No primeiro caso, como fruto do meu coquetel de romances, e no segundo, como resultado de minhas conversas com um colega de turma, um tal Perico, absolutamente invadido pela psicanálise (seu tio era todo um tríptico: médico, psiquiatra e psicanalista) e que não se conformava com os símbolos mais ou menos popularizados por Freud e seguidores, motivo pelo qual constantemente incorporava outros de sua própria lavra. Confesso que a insistência dele me aborrecia um pouco, mas é provável que me deixasse algum sedimento, e eu não achava nada melhor do que aplicá-lo às desprevenidas iniciais do velho pinheiro.

Perico também tinha outras aptidões. Por exemplo, sabia ler as linhas da mão e reconhecer avisos e presságios na borra do café. Uma tarde, tínhamos nos encontrado no Tupí, em frente ao Solís, e, como viu que eu estava terminando meu café, ele me pediu a xicrinha e, cumprindo o preceito, emborcou-a. Examinou atentamente a borra. "Não leve muito a sério minha cafeomancia", disse sorrindo. "Nem eu mesmo a levo a sério. Simplesmente me atraem os enigmas, as adivinhações." Ficou mais um tempinho contemplando aquilo, que para mim não significava nada. "Sabe o que estou vendo? Uma mulher e uma árvore." Assumi mansamente a agradável profecia, já que por minha vez interpretei que, em todo caso, devia tratar-se de Rita e da figueira.

Meu segundo *Graf*

A Segunda Guerra Mundial tinha poucos meses de iniciada quando aconteceu, em águas do Atlântico, um duro combate entre três navios britânicos (o *Ajax*, o *Achilles* e o *Exeter*) e o encouraçado alemão *Graf Spee*, que veio dar com suas ferragens estropiadas no porto de Montevidéu.

O esperado aparecimento daquele temível Taschenkreuzer abalou as rotinas da cidade. Era nosso primeiro contato direto com a guerra. Naquela tarde, muitos comerciantes decidiram fechar cedo suas lojas, não só para que o pessoal pudesse dar uma olhada no porto, mas também porque patrões e gerentes não queriam perder aquela visita fora de série. Além disso, muitos se dispunham a fotografar o invulnerável-vulnerado. "Na literatura que virá", opinou em classe nosso professor da matéria, "não faltará ocasião de usá-lo como eficaz chamariz erótico". "Erótico?", perguntamos, como uma massa coral bem afinada. "Naturalmente. Quanto lhes falta aprender, meus filhos! Ninguém atentou, desde o célebre veleiro bergantim até este paiol náutico, para a simbologia fálica dos *diez cañones por banda?*"*

Então capitulamos e fomos todos ver a novidade. No porto havia uma multidão. Ficamos um bom tempo observando como uma poderosa lancha a motor transportava oficiais e marinheiros do navio para a terra firme, e vice-versa. Curiosamente, o vice-versa era sempre mais leve. Depois, tal-

---

* Alusão ao extenso poema *Canción del Pirata*, do espanhol José de Espronceda (1808-1842), considerado o mais destacado poeta romântico de seu país. Os primeiros versos dizem: *"Con diez cañones por banda, / viento en popa, a toda vela, / no corta el mar, sino vuela / un velero bergantín."* (N. da T.)

vez por causa dos empurrões e dos vaivéns das pessoas, fomos nos desagregando. Passei mais de duas horas na contemplação daquele traslado. Lamentei não ter um binóculo para examinar que cara e que expressão tinham aqueles rapazes que virtualmente começavam a vida com uma derrota. De longe, achei que alguns mostravam sinais de alívio, mas não poderia garantir.

Com tanto movimento, com tantas idas e vindas, o encouraçado descoroçoado, humilhado e imóvel, mas ainda imponente, era uma presença dramática, um aviso fúnebre da guerra longínqua que de repente se instalava aqui, ao nosso lado. "E se eles resolverem bombardear a cidade?", perguntou um otimista. "E para que o senhor acha que temos a fortaleza do Cerro?", retrucou um engraçadinho, que não teve o menor eco.

Mas não nos bombardearam. O público, ao perceber que aquilo havia ficado um pouco monótono, começou a se dispersar. Nesse âmbito, tudo se transforma rapidamente em costume. Até os encouraçados alemães. Um gordo de boina, que pude identificar como jornalista, aproximou-se, lápis e caderneta na mão, de um varapau com aura professoral. "Doutor, posso lhe fazer uma perguntinha? Como o senhor definiria poeticamente esse encouraçado de bolso?" O interpelado não se alterou: "Eu diria que é o único Moby Dick que os alemães podem chegar a criar." O jornalista ficou desconcertado, mas não se atreveu a perguntar quem era esse Moby Dick.

Enquanto caminhava pela Rincón rumo à praça Matriz, pensei que aquele era o meu segundo *Graf*. Oito anos mediavam entre o *Zeppelin* e o *Spee*, entre o *Graf* do ar e o *Graf* da água. Só me faltava conhecer um *Graf* do fogo.

Eu não suspeitava que, quase de imediato, o *Graf* da água se transformaria em *Graf* do fogo. Justamente quando atravessava a praça, ouvi o estrondo. Toda a Ciudad Vieja pareceu estremecer e até me pareceu que o colosso do hotel Nogaró se encolhia de medo. O capitão alemão havia decidido sacrificar o navio, como uma antecipação de sua própria imolação, dias mais tarde, num hotel de Buenos Aires, depois de se enrolar não precisamente na insígnia nazista, mas na antiga bandeira imperial.

Pouco depois, os marinheiros alemães enterraram seus mortos, triste saldo da batalha contra os ingleses. Previamente, e em meio ao desconcerto do público, levaram a cabo seu desfile pelas ruas de Montevidéu, enquanto cantavam *Ich hatte einen Kameraden*, a tradicional canção alemã pelo companheiro caído. (Para surpresa de gregos e troianos, nada menos que o ministro britânico, Eugen Millington Drake, em uniforme de gala, assistiu à cerimônia no cemitério do Norte.)

De uma esquina, observei-os passar. Ao meu lado, um homem jovem, com sotaque estrangeiro, comentou: "Parece mentira. Têm cara de anjos, mas eu os conheço." Disse-me que era judeu; que seus pais tinham sido exterminados num campo de concentração, antes mesmo que a guerra explodisse. Ele se salvara graças a um sacerdote, amigo de seu pai.

"Por trás desses olhos azuis e dessas faces cândidas, são capazes de abrigar um ódio incomensurável." Respondi que talvez nem todos fossem iguais, que não era possível que aqueles quase meninos fossem assassinos em potencial. "Ninguém é assassino em potencial, eu sei. Mas um louco, um alucinado, pode contagiá-los com sua alucinação e sua demência. O mais perigoso dos atributos deles é certa vocação oculta de raça rainha. Os melhores a descobrem em si mesmos (porque todos a têm) e a desmantelam, liquidam-na, extirpam-na como se fosse um tumor. Mas os outros, que no fundo são os mais ineptos, os mais estúpidos, alimentam-na com deleite, porque só assim se sentem seguros."

Os rapazes terminaram seu desfile. O homem que tão duramente os julgava se despediu com um gesto e atravessou a avenida. Eu me meti num café. Acontecimentos demais para uma só tarde. Em última análise, meu segundo *Graf* era mais sórdido do que o primeiro. Daquele outro, longínquo, só restava o cadáver do Dândi. Deste agora, um vislumbre coletivo e macabro.

Naquelas horas tensas, circulou um boato: os alemães haviam colocado armas dentro dos ataúdes. Anos depois, eu soube que naquela mesma noite vários jovens uruguaios tinham penetrado no cemitério e literalmente violado os túmulos recém-fechados, a fim de verificar se de fato os caixões continham armas. Mas só acharam cadáveres frescos.

Pobre pecador

Do meu grupinho de amigos de Capurro, o único que eu continuava vendo esporadicamente era Norberto. Num desses encontros, perguntei-lhe pela minha querida figueira e se ele continuava usando-a para passar àquele que havia sido o meu quarto. "Ficou maluco?", respondeu. "Agora as inquilinas são umas velhas insuportáveis, três irmãs solteironas e/ou viúvas, dá no mesmo, que encheram sua ex-água-furtada com uns trastes desconjuntados e fedorentos, pacotes de jornais velhos, e além disso trancaram a janela com dois cadeados, como se temessem que eu fosse lhes roubar semelhantes porcarias. A pobre figueira está desconsolada e um dos galhos se apoia, quando pode, à janela que era sua, como se procurasse você." Agradeci a Norberto essa licença poética: no fundo, não deixava de me agradar que a figueira sentisse minha falta.

Segundo Norberto, o bairro havia mudado muito. O Parque sofria um abominável abandono municipal e nos arredores da zona tinham se instalado várias fábricas e indústrias, com as quais a paisagem humana se modificara, e o bairro perdera sua intimidade coletiva. O campo do Lito estava com a grama sem cortar, aquilo já era um matagal, mas, isto sim, haviam sido abertos dois ou três novos bares para atender à demanda dos fregueses recém-incorporados.

Norberto me revelou também uma crise muito pessoal. Tinha se afastado do padre Ricardo, simplesmente porque este lhe fizera "uma crueldade". O caso é que, num sábado à noite, Norberto havia ido, com vários de seus novos amigos, a um prostíbulo do Pantanoso, e a experiência lhe deixara uma lembrança ruim. Uma semana depois, ao se confessar com o padre Ricardo, confidenciou seu pecado. (Como bem diz minha avó Dolores, cada cardume tem seu pescador.) O vigário, além de lhe atribuir como penitência uma tonelada de padre-nossos e ave-marias (o pobre confesso ficou umas duas horas reza que reza), foi e contou tudo ao pai de Norberto, o qual tomou duas medidas radicais e imediatas: tomou-lhe a chave de casa e brindou-o com duas soberanas bofetadas que lhe deixaram a mandíbula deslocada durante várias horas. Explicou, além disso, que a primeira bofetada era pela ida ao prostíbulo ("ainda é muito cedo para isso"), mas a segunda era por ele ter sido tão estúpido a ponto de contar o fato nada menos que ao padre Ricardo, que, "como é público e notório, é um fofoqueiro sexual de primeira ordem".

Para Norberto, muito mais grave do que a sova paterna havia sido a dolorosa revelação de que, ao menos para o padre Ricardo, o segredo da confissão era letra morta. Então ele tomou uma decisão. No domingo seguinte, foi à igreja, plantou-se no confessionário sem pedir licença e, quando se assegurou de que seu inimigo se encontrava atrás da treliça, desfechou em cima dele todo um florilégio de descomposturas, palavrões incluídos, durante vários e transcendentais minutos, que para o agoniado sacerdote foram uma antecipação dos chamuscos do iminente inferno. A catilinária terminou com uma retumbante ordem: "E agora, seu padre dedo-duro e mau-caráter, vá e conte ao meu pai que eu mandei o senhor à merda." Mas o padre Ricardo se manteve contrito e nos conformes.

Hoje, estreia imperdível!

Juliska tirava folga aos domingos e normalmente ia a Las Piedras para ver seus familiares. Nunca os conhecemos e, dadas as dificuldades linguísticas da iugoslava, tampouco soubemos com certeza se eram primos ou primas, sobrinhos ou sobrinhas. Por outro lado, aos domingos o velho levava consigo Elenita, que no hotel ficara amiga de uma menina de sua idade (a filha do maître), e as duas se adoravam. Quanto a Natalia e Quique, se o tempo estivesse propício, passavam o dia inteiro em alguma praia. De modo que nos domingos estivais a casa ficava exclusivamente para meu uso pessoal, algo que não encerrava nenhum significado especial, exceto o de constituir para mim outra variante da liberdade, sem dúvida muito diferente da que eu tinha na rua.

Naquele domingo eu tinha ido à feira de Tristán Narvaja. Nunca comprava nada (na verdade, com que dinheiro?), mas gostava de me meter entre as pessoas, de escutar as ácidas ou pitorescas discussões, de folhear livros de segunda (ou décima) mão.

Ao meio-dia voltei para casa, disposto a almoçar sozinho. Juliska, quando se ausentava, nos deixava algum prato saboroso na geladeira. Fui diretamente à cozinha, mas ali me esperava uma surpresa. Natalia, de pé junto a uma boca acesa do fogão a gás, movia lentamente, numa panela e de modo circular, uma comprida colher de madeira. Vestia uma camisola curta, de uma gaze transparente, ou seja, podia-se ver, ou adivinhar, tudo. Além disso estava descalça, o que acentuava a impressão de nudez.

"Desculpe", disse eu, sobressaltado, "achei que ninguém estava em casa". "Não se preocupe", respondeu ela, divertida com meu assombro, "eu também pensei que estava sozinha". Então fez um simples gesto, mas intuí que era o começo de algo: apagou o fogo. Eu continuava imóvel na soleira da cozinha. Ela se aproximou de mim e tive a impressão de que acudia em minha ajuda. "Estamos sozinhos, Claudito, percebe?" Claro que eu percebia. "Hoje é o dia livre da Yugular (assim ela e Quique chamavam a iugoslava), e seu pai e Elenita só retornam à noite. Quique teve de ir a Paysandú para resolver não sei qual complicação familiar." Eu fazia que sim com a cabeça, atordoado por tantas boas notícias.

Ela me pegou pelo braço e me levou até seu quarto. Fechou as cortinas. Fitou-me gravemente. "Claudito, você nunca esteve com uma mulher, não é?" (Como um idiota, notei que ela dizia *mujier*, porque era chilena.) "Estar, como assim?", balbuciei. "Não se faça de sonso, você sabe muito bem o que eu quero dizer." "Não, nunca estive." "Quer que eu lhe ensine?" Minha timidez tinha um limite, então respondi: "Quero." Ela me abriu os dois primeiros botões da camisa e meteu a mão por baixo desta, me acariciou um ombro e a nuca, puxou minha cabeça e me deu um beijo rápido nos lábios. Depois se afastou e tirou a camisola transparente.

Natalia tinha vinte e cinco anos e, vista da perspectiva dos meus dezesseis, até aquele momento me parecera uma simpática veterana (tudo é relativo), mas quando ficou nua, com suas finas pernas de bailarina, seu denso púbis ruivo e seus peitinhos desafiadores, transformou-se de repente em alguém sem idade: uma nereida, uma deusa da juventude, uma sereia sem cauda, que sei eu. É claro que todo esse catálogo eu só pensei muito depois, já que naquele instante crucial da minha vida não estava para reminiscências greco-latinas.

"E então? Vai ficar assim? Ou quer que eu lhe tire a calça? São três e dez. Vamos aproveitar o tempo que nos resta, ou não?" Quando finalmente eu também fiquei pelado (o mais trabalhoso foi desamarrar os sapatos e tirar as meias), minha ereção era tão notória que, se ela não riu, deve ter sido por medo de me desencorajar ou de que a timidez me voltasse, mas percebi que seus olhos riam, sim.

A verdade é que, àquela altura, nada me desencorajaria. Em seguida, já na cama, ela iniciou, terna e vagarosamente, a lição número um. Tenho a impressão de que fui um aluno aplicado e de que ela ficou contente com minha rápida aprendizagem. "Como batismo, garanto que foi excelente, Claudito. Você fará felizes suas mulheres, espere só para ver."

Por enquanto, o feliz era eu; tanto que, dez minutos mais tarde, pedi, bem mais seguro de mim mesmo, que ela me desse a lição número dois. "Agora mesmo?" "Agora mesmo." "Eu não sabia que você tinha se matriculado num curso intensivo. Está bem, mas será a última, hein? Não esqueça que eu sou do Quique. Ele é meu homem." "E isso que fizemos?" "Isso que fizemos foi principalmente um ato de solidariedade. No Chile, somos muito solidários. E solidárias. Faz tempo que eu sentia que você precisava disto. Para sua formação, entende? E hoje surgiu a oportunidade. Deus nos deixou sozinhos. Deus também gosta que a gente peque, desde que seja com alegria. Assim, ele pode nos perdoar alegremente. Além disso, há pecados horríveis e pecados lindíssimos. O nosso foi lindíssimo, não acha?" Perguntei se ela era católica. "Claro, mas uma católica independente, digamos freelance. Eu me entendo diretamente com Deus, sem necessidade dos padres intermediários, que nos cobram a comissão deles em esmolas e ave-marias."

O segundo pecado foi ainda mais sensacional do que o primeiro. Eu já tinha mais prática. Depois me demorei observando-a com olhos ternos e ela ficou séria: "Ah, não, Claudito, não vá se apaixonar por mim, hein? Você tem que me prometer. Serei sua amiga, isto sim." Perguntei, tentando sustentar seu olhar: "Você não gostou?" "Claro que sim. Gostei porque gosto de você. Do contrário, não teria feito nada. Mas não esqueça: eu amo o Quique." "E se deita com ele?" "Claro que me deito. E agora vista-se e vá para seu quarto, porque, se a Yugular aparecer (não creio, ainda é cedo), certamente vai me denunciar como corruptora de menores."

Quando me vi na minha cama, depois de tanta excitação, veio-me uma moleza repentina, e em pouco tempo adormeci. A última coisa em que pensei foi: ainda bem que, à diferença de Norberto, não tenho nenhum padre confessor a quem contar meu deslize. A propósito, o pobre padre Ricardo, será que vive sem deslizes?

Por fim, penso que Natalia deve ter contado ao Quique nossa comunhão. Mais ainda: até presumo que ela fez tudo com a aprovação dele. E penso assim porque, a partir daquele dia memorável para mim, o Quique me dedicava com frequência uns sorrisos que eram um estranho coquetel de cumplicidade, subentendidos e paternalismo brincalhão, afora um ingrediente adicional que significava mais ou menos: "Ah, mas não esqueça, garoto, que eu sou o dono desse corpinho." Infelizmente, eu não esquecia.

Pouco a pouco fui me acostumando à relação meramente amistosa com Natalia. Mesmo assim, muitas vezes sonhava com ela e, claro, os lençóis sofriam as consequências. A marcação de Juliska era implacável. "Senhor deixar roupos de cama muito sujo com porcario. Uma conselha: melhor senhor ir aos putos." Eu então me apressava a retificá-la: "Vamos, Juliska, você querer dizer putas." "Senhor saber."

Juliska tinha lá sua pontinha de razão. No entanto, ir às putas não me atraía. A estreia com Natalia havia sido tão gloriosa que eu não queria estragá-la com qualquer arremedo. Além disso, a grana semanal que o velho me dava não era suficiente para excessos. E por último: os menores de idade não eram bem-vindos nesses "antros".

Convém lembrar que a masturbação era considerada (por pais, médicos, sacerdotes, sociólogos etc.) um vício de pavorosas consequências: provocava tuberculose, impotência, filhos retardados e *ainda mais*.* Mas que outro remédio? Os mesmos pais, doutores, vigários, psicólogos que condenavam duramente aquela prática tinham se masturbado conscienciosamente em suas longínquas adolescências, sem que por isso tivessem se tornado tísicos ou impotentes. Essa era também a tese de Perico, meu competente assessor em psicanálise e

---

* Em português e itálico no original. (N. da T.)

psicologia, que no entanto acrescentava: "Seja como for, eu prefiro os bordéis. Eles têm uma notória vantagem sobre o prazer solitário, ou seja, que a gente pode conversar e fazer amizades. Conheço algumas putas que são como irmãs para mim, ou pelo menos tias. Até as analiso, e elas loucas da vida. Não me interprete mal. Eu sei que são *loucas e mulheres da vida*, mas *loucas da vida* (uma expressão que talvez tenha origem na profissão milenar que exercem) inclui um elemento de alegria, de fruição. Uma coisa eu aprendi com elas: como seu ofício corporal se transforma facilmente em rotina, seu gozo maior passa a ser o do espírito. Quando se divertem com uma boa brincadeira, ou festejam uma ironia criativa, ou recebem uma demonstração de amizade desinteressada, ou você lhes dirige um galanteio original, nos olhos delas transparece que esse é seu gozo preferido: o orgasmo espiritual. E bem que o agradecem. Às vezes, depois, quando você chega ao que interessa, nem sequer cobram. Mas eu pago do mesmo jeito, era só o que faltava."

Espaldeirada

A primeira greve da minha vida me deixou cicatrizes. Em geral, não me preocupavam muito os conflitos do Ensino. Mas a FEUU* havia decretado dois dias de greve, os secundaristas aderiram e eu nem sequer perguntei o motivo. Simplesmente pensei que, já que não iria ao liceu, podia aproveitar para devolver a Perico um monte de livros que ele me emprestara nos últimos meses. Perico morava a poucas quadras do Miranda, de modo que coloquei vários Freud, Jung e Adler na pasta que levava diariamente para o liceu. Arrumei mais alguns numa sacola, peguei um ônibus, depois outro, e desci na altura do Legislativo.

Lentamente (os livros pesam) me dirigi para a rua Sierra. Ao longe distingui a figura inconfundível de Tomasito Robles, conhecido como o Campeão (havia vencido várias competições atléticas para menores). Ele me fez um aceno e começou a se aproximar. O Campeão era bom atleta, mas mau aluno. Era dois anos mais velho do que eu e no entanto repetia a quarta série e estava na minha turma. Passava por comunista e era um eficaz organizador de paralisações, greves, protestos, manifestações etc.

Esperei por ele, carregado com os livros. Mas, quando por fim chegou à minha frente, Tomasito me gritou: "Capacho! Fura-greve!" e, sem que nada avisasse, me tacou um tremendo soco no lado direito do rosto, que na mesma hora ficou parecendo um farol. Enquanto me agachava para deixar no chão minha carga livresca e tentar me defender, consegui gritar: "Mas, Campeão, o que deu em você? Ficou maluco?

---
* Federación de Estudiantes Universitarios del Uruguay. (N. da T.)

Eu não sou fura-greve!" "Ah, não? E aonde vai com tudo isso? Não vai para a aula?" "Não, Campeão, vou devolver uns livros que Perico me emprestou, e ele mora aqui perto." E mostrei minha carga para ele ver que não eram livros de texto. Tomasito ficou rubro. "Desculpe, Magro", disse, quase chorando. E repetia: "Desculpe, Magro. Como pude lhe fazer isto, eu que gosto tanto de você e com tudo o que você me sopra na aula? Desculpe, Magro. Realmente, me perdoe." Perdoei, claro, embora a maçã do rosto continuasse latejando como o farol do Cerro.

A todo custo ele quis me convidar para uma cerveja e fomos a uma cervejaria alemã que ficava atrás do Palácio. Ali, como demonstração de confiança, me contou sua história. O pai batia na mãe diariamente. "E ela, o que faz?" "Chora, só isso." "E você?" "Eu agarro o velho pelo braço e tento afastá-lo, mas ele acaba me surrando também e me jogando no chão." "Mas, Tomasito, com esse dorso que Deus lhe deu..." "O velho é muito maior do que eu. E, além disso, não posso nem quero bater nele, só pretendo que não dê bordoada na velha." "E por que ele a espanca?" "Diz que a velha teve um amante (ele diz 'um querido') uns vinte anos atrás e que até desconfia (isso ele só solta quando chega bêbado) que não é meu pai. Como não é? Pois se nos parecemos, não digo como duas gotas d'água, mas como duas gotas de grapa! Por isso me custa tanto estudar. Você pode imaginar que, com esse ambiente, não consigo me concentrar."

Pagou as cervejas e me propôs (já se convencera de que eu não era um fura-greve) que nos aproximássemos do liceu. Antes, passamos pela casa de Perico e eu deixei os livros, agora com um motivo adicional: não despertar mais suspeitas infundadas. Perico olhou meu rosto com espanto, mas não disse nada.

Em frente ao liceu havia uns duzentos estudantes que gritavam palavras de ordem e atiravam uma ou outra pedra (uma delas quebrou uma vidraça e pensei na forte corrente de ar que ia entrar por ali no inverno). O trânsito estava interrompido e podia-se escutar um bom concerto para buzina e orquestra. Foi então que apareceram os couraceiros com seus cavalos e a sã intenção de nos dissolver. Todos correram como gazelas de Walt Disney, mas eu devo tê-lo feito como a tartaruga de Samaniego,* já que ganhei na fuga uma ferida no ombro, além de um rasgão na camisa. Perdi Perico e Tomasito de vista, de modo que decidi empreender o retorno ao lar doce lar, e ali cheguei com um lastimável aspecto de veterano da Grande Guerra.

Ainda bem que em casa só estava Juliska, que arregalou tremendos olhos ao comprovar meu estado. "Mas senhor muito fodida! Deixe colocar uma gela." Envolveu uns cubos de gelo num lenço e os aplicou no meu pômulo palpitante. Depois me trouxe uma camisa limpa e me passou uma pomada para contusões no lugar onde eu tinha recebido aquela espaldeirada nada acadêmica.

O velho chegou tarde e eu já estava na cama. Mas na manhã seguinte, quando tomávamos o desjejum, levantou por um instante a vista do jornal e me perguntou: "O que houve com sua cara? Foi picado de novo por uma abelha?" "Sim, deve ter sido uma abelha." "Não sei. Pelo inchaço, mais parece que foi uma vespa. Ou uma daquelas formigas gigantes." "Pode ser", respondi, com a convicção profissional de um entomologista.

---

* Félix María Samaniego (1745-1801), escritor espanhol, famoso por suas fábulas em verso, inspiradas em Fedro, Esopo e La Fontaine. (N. da T.)

A menina da figueira (2)

Cada um tem suas manias. A minha era desenhar mostradores de relógio. Muitas vezes, na aula, enquanto o professor de filosofia se delongava sobre a fenomenologia do espírito, de Hegel, e o tédio se espalhava pela turma do quarto ano, outros desenhavam galos-da-serra, patos, estrelas de cinco ou seis pontas e sobretudo mulheres nuas, mas eu desenhava mostradores de relógio, sempre com algarismos romanos. Para situar os ponteiros, minha posição preferida era a de 3h10, hora-chave em minha breve trajetória. Às 3h10 havíamos descoberto o cadáver do Dândi; às 3h10 mamãe tinha morrido; às 3h10 Rita invadira minha água-furtada de Capurro; e em outras 3h10 havia sido minha estreia com Natalia.

Nunca fui supersticioso, e no entanto, todos os dias, quando chegava essa hora, eu ficava tenso, alerta, como se algo inesperado pudesse sobrevir. Quase nunca acontecia nada, ou ocorria algo intranscendente (soava uma buzina distante, alguém chamava à porta da rua, os cachorros do bairro começavam a latir) que para mim adquiria uma transcendência forçada. Se estivesse dormindo a sesta, a essa hora eu acordava sobressaltado, ou, se continuasse dormindo, entrava de repente num sonho singular ou num pesadelo atroz. Em compensação, as 3h10 da madrugada não tinham nenhuma importância: as decisivas eram as da tarde.

Concluí o liceu sem maiores contratempos. Com resultados nada brilhantes nas matérias científicas (exceto matemática, que me seduziu desde o começo) e mais do que bons em literatura, história e desenho. Meu projeto era me dedicar à pintura, em vez de me inscrever em Preparatórios. "Está bem", disse o velho, "mas então vai ter que trabalhar. Não creio que como futuro pintor você possa ganhar o pão". Falou com vários amigos e pouco depois entrei, como simples *pinche*,* para a Dominó S.A., conhecida agência de publicidade. Dois meses depois comecei a trabalhar na reprodução quase mecânica de desenhos alheios e, de vez em quando, em desenhos próprios, na verdade simplesinhos e nada pretensiosos.

Ou seja, aos dezessete anos eu tinha o suficiente para meus gastos: livros, cinema, algum baile, e sobretudo papel de desenho, giz de cera, aquarelas e pincéis para meus esboços privados, entre os quais abundavam, como era previsível, os relógios.

Uma tarde, quando tomava um pingado no Sportman, tirei da pasta um bloco e vários lápis. Enquanto pensava num croqui que haviam me encomendado na agência para a segunda-feira, meu lápis começou, quase independentemente da minha vontade, a desenhar um mostrador de relógio. Eu já havia esboçado os doze algarismos romanos quando, ao meu lado, alguém disse "Claudio".

Antes mesmo de olhar o dono (ou melhor, dona) da voz, eu soube que era Rita. Ela segurou meu rosto com as duas mãos e me beijou na face, junto à comissura dos lábios. Um beijo que me chegava do passado. Eu não conseguia acreditar. Os olhos verdes tinham escurecido, o cabelo castanho lhe descia até os ombros. Nos braços nus havia uma região de sardas que me pareceram um detalhe pouco menos que maravilhoso. Continuava magra, mas seu atrativo (agora, totalmente mulher) tinha se consolidado. Sem perder uma aura de fragilidade que a conectava com a Rita que, anos atrás (quantos eram?), deslizara da figueira de Norberto para minha água-furtada de Capurro.

No início nos atropelamos fazendo-nos perguntas. Sim, continuava morando em Córdoba. Trabalhava como aeromoça numa companhia aérea, de modo que viajava constan-

---

* Aqui, "ajudante", "auxiliar". Em itálico no original. Em vários países da América Latina, o termo *pinche*, usado substantiva ou adjetivamente, pode ter uma conotação depreciativa. (N. da T.)

temente, dentro da Argentina e também em voos especiais ao exterior. Seus pais residiam em Santa Fé, e ela vivia com uma irmã mais velha, casada, arquiteta, com a qual se dava bem. Isso foi algo do pouco que consegui lhe extrair, já que seu bombardeio de interrogações quase não me permitia formular as minhas, mas por fim ela se deu, e me deu, um respiro, e pude fazer a pergunta decisiva: "Tem visto Norberto?" "Norberto?" "Sim, seu primo de Capurro." Por um instante Rita hesitou e em seguida explodiu numa gargalhada. "Norberto não é meu primo. Simplesmente, naquele dia usei o nome dele como introdução, para inspirar confiança a você." Não fiquei convencido. "E como entrou na água-furtada pela figueira de Norberto?" Ela suspirou e ficou mais bonita. "A história é ao mesmo tempo simples e complexa. Eu estava passando uns dias na casa de amigos da minha irmã, por sua vez vizinhos de Norberto, e eles falaram com preocupação sobre a doença e a morte iminente de sua mãe, assim como sobre você e sua irmãzinha, e então me deu uma tremenda vontade, não de consolá-lo, mas de lhe fazer companhia, de tocá-lo, de lhe transmitir carinho, que é o que a gente necessita nesses momentos. Não sei se você lembra que o pátio de Norberto terminava num corredorzinho que confinava com a casa dos meus amigos. Pois bem, esse corredorzinho tinha uns tijolos salientes pelos quais era bastante fácil subir ou descer. Por esse caminho cheguei à figueira, e pelo mesmo caminho saí." "E se algum familiar de Norberto a surpreendesse?" "Bah, travessuras de menina. Isso costuma ser aceito, embora às vezes a gente ganhe um tapa. Provavelmente, agora eu não poderia esgrimir uma desculpa dessas. Mas o fato é que ninguém me viu. Só você." No fundo, eu queria me convencer, de modo que respirei aliviado, como se tivesse contido o fôlego durante todos aqueles anos.

"Já assimilou a morte de sua mãe?" "Sim, que remédio?" "A morte não é tão grave, Claudio." "Como você a imagina?" "Eu a concebo como um sonho repetido, mas não um sonho circular, é antes uma repetição em espiral. Sempre que passa de novo por um mesmo episódio, você o vê a uma distância maior, e isso o faz compreendê-lo melhor." Essa interpretação estava além da minha compreensão, então mudei de assunto. "E desta vez, onde você está alojada?" "Em pleno Centro: Mercedes com Ejido." "Posso ir visitá-la?" Ela pensou um momento, com os lábios apertados e o olhar distante. Depois disse: "Venha amanhã. Estarei sozinha. Anoto aqui o endereço para você: Mercedes, 1.352." "É um apartamento?" "Não, é uma casa. Muito linda, você vai ver."

Viu meu relógio desenhado, ao qual ainda faltavam os ponteiros. "Posso terminá-lo?", perguntou. Colocou um livro na frente, para que eu não visse o que ela estava fazendo. Depois virou o papel e me entregou. "Venha me encontrar amanhã, na hora que desenhei aqui. Mas agora guarde. Depois você olha."

Saímos do café, caminhamos uma quadra, mas não conseguimos atravessar a Dieciocho. Com tantas emoções, eu não havia percebido que o céu tinha ficado carregado, de modo que me surpreendi quando começou a chover, e continuou cada vez com mais força. Corremos uns metros, mas aquilo era um dilúvio. Já não era possível retornar ao café, então nos abrigamos numa portaria de edifício, que estava ainda mais escura do que a rua. Como a água também chegava até ali, nos enfiamos mais para dentro. Não havia ninguém. Ela pegou minha mão, levou-a aos lábios molhados pela chuva e beijou-a várias vezes. A escuridão interna e a inclemência externa nos protegiam do mundo, de modo que eu a abracei, tão ternamente quanto pode fazer alguém que cultivou uma ausência durante anos.

Nós nos beijamos e nos beijamos, nos acariciamos e voltamos a nos acariciar. Eu me sentia na glória e era inevitável que pensasse no dia seguinte, na casa da rua Mercedes. Já não importava se continuava a chover ou se havia estiado. Voltamos a ter noção de que o mundo existia quando alguém, com voz seca e contendo a indignação, disse em minha nuca: "Com licença, jovens", para que lhe permitíssemos chegar ao elevador. Balbuciamos desculpas e só então vimos o sol da rua. Rita olhou seu relógio-pulseira e quase gritou: "Estou atrasada.

Tenho que chegar." "Aonde?", perguntei, desconcertado e ansioso. "Tenho que chegar", repetiu. "Amanhã nos vemos. Não se esqueça. Tchau." E me deu um último, fugacíssimo beijo, antes de sair correndo pela Dieciocho em direção à praça.

Voltei para casa caminhando. Queria repassar sozinho, morosamente, todo o encontro. Com que então, Rita continuava existindo. E se eu fosse embora para Córdoba? Por que não? Ou ela teria namorado, marido ou algo assim? Como não perguntei? Quando cheguei à rua Ariosto, cumprimentei sumariamente Elenita e Juliska e me tranquei no meu quarto, que infelizmente não tinha figueira, nem sequer janela.

Tirei cuidadosamente da pasta o papel com o mostrador do relógio. Os ponteiros desenhados por Rita marcavam (que outra coisa poderia ser?) três e dez. Mas havia um detalhe adicional: o ponteiro dos minutos, que assinalava o II romano, era a figura de um homenzinho nu, ao passo que o das horas, que indicava o III romano, era uma mulherzinha, igualmente pelada. O homenzinho/minutos estava a ponto de cobrir a mulherzinha/horas. Nosso encontro de amanhã!, exclamei, radiante, com euforia de cronômetro.

No dia seguinte, antes das 3h10, eu estava na Mercedes com Ejido. À medida que me aproximava, ia sendo inundado por um temor que no final era quase pânico. Meus receios não demoraram a se confirmar: o número 1.352 não existia.

Durante um mês inteiro, fui diariamente ao Sportman, no mesmo horário do dia do aguaceiro, mas Rita não reapareceu. Seis meses depois, comprei um novo estojo de pastéis e pintei um quadro: era um mostrador de relógio com algarismos romanos, com o homenzinho dos minutos e a mulherzinha das horas marcando 3h10. Intitulei-o *A hora do amor* e dei este subtítulo: "Homenagem a Rita." Obtive o prêmio de terceiro colocado no Primeiro Salão de Pintura em Pastel, mas a homenageada não respondeu a minha chamada de amor índio.

No emprego fui cumprimentado, e meu chefe, muito orgulhoso "por ter entre o pessoal da agência um artista laureado" [sic], me aumentou o salário e começou a me encomendar tarefas mais criativas e de responsabilidade maior.

Bem-vinda Sonia

Quando mamãe morreu, o velho tinha trinta e sete anos; quando se casou de novo, quarenta e três. Sempre pensei que ele o faria: meu pai é um homem para estar casado. Poucos meses após a morte de mamãe, quando ainda estávamos em Capurro e ele decidiu mudar não só de casa mas também de bairro, tinha nos anunciado que queria acabar de uma vez por todas com aquele luto; queria "viver de novo".

Ignoro se ele escolheu Sonia ou se Sonia o escolheu. O velho sempre teve um temperamento muito peculiar e seu gosto pelas mulheres abarcava uma faixa exigente e estreita. Conheceu minha futura madrasta em sua área de operações: o hotel de Pocitos. Por razões profissionais, eles tinham se visto com frequência nos últimos dois anos. Sonia trabalhava numa agência de turismo e ia frequentemente ao hotel para combinar com o velho os detalhes das próximas excursões de argentinos ou brasileiros, que ficavam uns dias em Montevidéu e depois seguiam para Piriápolis ou Punta del Este. Durante os dias em que os turistas se alojavam no hotel, Sonia ia lá diariamente a fim de verificar se estava tudo em ordem ou se, ao contrário, havia alguma reclamação. Também lhes servia de guia em *sightseeing*, praias, cassinos ou, menos frequentemente, nos poucos museus.

Era uns dez anos mais nova do que o velho e penso que ele a foi conquistando com sua eficiência e facilidade de comunicação, mais do que com sua presença de galã maduro. Reconheço que Sonia tinha um estranho atrativo: rosto anguloso, com maças salientes e uma boca grande de sorriso fácil, olhos muito pretos, pescoço delgado, pernas bem torneadas, cabelo com uma mecha prematuramente grisalha e uma simpatia, nada estridente nem invasora, que a pessoa só começava a captar a partir do quarto ou quinto encontro.

Na manhã em que o velho, sempre inclinado a emitir na cozinha seus grandes comunicados, me informou que ia se casar, notei que estava se operando nele uma mudança. Já não lia o jornal durante o desjejum, mostrava-se mais animado, averiguava detalhes sobre meu trabalho, fazia brincadeiras com Juliska.

Perguntou o que eu achava. Eu conhecia Sonia, e nos dávamos bem. "Fico contente", respondi. "Espero que você tenha sorte." Ele se sentiu obrigado a me dar explicações. "Não será o mesmo que com sua mãe. Nós nos casamos muito jovens, e isso não se repete. Mas, se me caso de novo, é porque na primeira vez não me saí mal, não acha?"

O aval de Elenita foi muito mais reticente. Recém-chegada à adolescência, minha irmã se sentia ainda muito apegada à lembrança de mamãe, a quem idealizava cada dia mais. Nessa mesma noite conversei longamente com ela, tentando fazê-la compreender que o velho ainda era "um homem jovem". "Jovem?", perguntou, atordoada. "Jovem aos quarenta e três anos?" Acrescentei que era bom que uma mulher como Sonia se incorporasse à família. "Já temos Juliska", respondeu, sabendo perfeitamente que o argumento não servia. Pelo menos, me prometeu que faria o esforço de tratar Sonia bem. "Lembre-se de que essa mudança é muito importante para o velho." "Está bem", cedeu, "mas não vou chamá-la de mamãe".

A nova situação produziu mudanças na distribuição doméstica de espaços. Natalia e Quique, que haviam se formado e começado a trabalhar profissionalmente, alugaram um apartamento e Natalia nos deixou. Juliska comemorou como se se tratasse da retirada final das tropas turcas, quando Nicolau I as despojou de boa parte do *sandjak* de Novi Pazar. (Com as aulas vibrantes que Juliska me dava enquanto cozinhava, cheguei a saber mais sobre Montenegro do que sobre Paysandú.)

No último dia que Natalia passou em casa, fui a um florista e lhe trouxe um buquê de rosas vermelhas, como reminiscência de glórias passadas. Ela se comoveu com o gesto e, também como reminiscência das mesmas glórias, me beijou na boca.

O velho comprou novos móveis de dormitório e se instalou com Sonia no quarto da frente; eu passei ao que o velho havia ocupado; Elenita, ao meu. Só Juliska permaneceu firme em seu reduto do fundo. Tinha aceitado a nova dona da casa com paciência montenegrina. Na realidade, ignoro se os montenegrinos são pacientes, mas ela (que havia me ensinado que em servo-croata Montenegro se chama Crna Gora) havia nascido nas planícies de Zeta e uma vez me mostrara uma foto em sépia na qual uma Juliska menina aparecia sorridente às margens do lago Skadar. Sua aprovação se concretizava às vezes num comentário alusivo, digamos: "Senhor papai fazer bem nova matrimônia. A homem precisa do mulher."

Ao casamento (cerimônia apenas civil e privadíssima, mas com um coquetel numa confeitaria do Cordón) só assistiram o tio Edmundo, os avós de Buenos Aires, dois ou três antigos amigos do velho (entre eles, o fã de Piendibeni), os pais de Sonia que desceram de Tacuarembó, meu ex-vizinho Norberto (o velho tinha incluído Daniel e Fernando na lista, mas não os convidei porque estavam brigados e eu não quis deixá-los numa situação embaraçosa), Natalia e Quique. Também compareceu Juliska, que estava muito folclórica com um traje de sua terra e que foi a estrela da noite graças ao seu castelhano básico. Quanto ao vovô Javier, o velho foi pessoalmente dar-lhe a notícia e convidá-lo, mas ele se desculpou ("tenho que cuidar de Dolores; desde que a carvoaria fechou, ela está muito caída"). No entanto, a vovó, quando soube, se reanimou bastante, e dois dias depois chegou a me dizer: "Que Javier não me ouça, mas seu pai sempre viveu atrás das putas e é evidente que não se importa por manchar a memória de nossa filha. Aconselho você a não dirigir a palavra a essa marafona (chama-se Sonia, não?). É o mínimo que lhe cabe fazer, em homenagem à sua santa mãe." O vovô Javier, em compensação (claro que pelas costas da consorte), aprovava com entusiasmo a decisão do velho. Embora com a gramática certa, veio me dizer o mesmo que Juliska: "O homem precisa da mulher." A vovó levou seu obstinado desacordo a ponto de simular uma grave crise de saúde, com a vã esperança de que o odiado casamento fosse postergado, mas o vovô, que a conhecia muito bem, nem mesmo nos avisou nem chamou o médico. Deu-lhe uma aspirina e ela, por fim resignada ao inevitável, melhorou em vinte e quatro horas.

A entrada de Sonia na casa da rua Ariosto modificou substancialmente o ritmo e o estilo de vida. Como era boa cozinheira, ela ensinou novos e deliciosos pratos (espanhóis, franceses, italianos) a Juliska e, numa hábil tática para ganhar seu apoio incondicional, aprendeu pontualmente os pratos da iugoslava. De maneira que passamos a desfrutar de uma cozinha verdadeiramente internacional. Como consequência direta dessa melhora, em apenas três meses engordei nada menos que cinco quilos, que sem dúvida não me caíram mal, já que eu estava magro demais.

Em certos dias eu levava para casa algum trabalho da agência, em vez de fazê-lo no escritório, e Sonia às vezes chegava mais cedo que de costume. Nessas ocasiões, vinha conversar comigo. Sua enquete era recorrente: "Conte-me como era sua mãe. Para compreender e ajudar Sergio, preciso saber como era sua mãe." Então eu lhe contava historinhas, descrevia traços e hábitos de mamãe, e ela absorvia tudo. Como uma esponja. Eu poderia ter falseado dados ou impressões, inventado episódios, mas, embora tenha sido tentado, fazer isso me pareceu uma canalhice, de modo que me ative a fatos e características reais. Estranhamente, com seus interrogatórios Sonia me obrigou, sem que essa fosse sua intenção, a reconstituir para mim mesmo a imagem de mamãe, e assim a compreendi melhor e amei-a retroativamente mais.

As três e dez

Enquanto isso, eu continuava pintando. Além dos meus tradicionais relógios, havia começado a fazer retratos, certamente nada realistas, de Natalia (antes que nos deixasse), de Juliska, de Elenita, de Sonia. Ainda não tinha me atrevido com mamãe (nunca quis me basear em fotografias) nem com Rita, embora, neste último caso, as razões não estivessem muito claras para mim. Gostava especialmente do retrato de Juliska, embora a modelo ocasional tivesse decretado: "Não ser esse. Eu mais lindo."

Por fim consegui que uma galeria do Centro aceitasse expor meus óleos e pastéis, dentro de um ciclo denominado "Jovens artistas plásticos do Uruguai". A mostra se intitulou *Relógios e mulheres* e o quadro central era uma nova versão, desta vez a óleo, de *A hora do amor. Homenagem a Rita*. Com o pastel original, que estivera pendurado no meu antigo quarto, aconteceu um acidente. O prego se afrouxou e o quadro, ao cair, bateu fortemente no piso. Eu não tinha usado fixador para que ele não perdesse o colorido, de modo que a figura do relógio se transformou numa poeira policrômica, amontoada na parte inferior, entre o vidro e a moldura. Só restaram incólumes o ponteiro das horas e o número IX.

Na versão a óleo, introduzi modificações. Agora o homenzinho dos minutos ostentava um sexo visível e bem-disposto, enquanto a mulherzinha das horas exibia uns peitinhos evidentes, talvez inspirados nos de Natalia, inesquecíveis. Com tais incorporações, o relógio havia melhorado seu atrativo erótico, mas só isso. Mesmo assim, coloquei nele um cartãozinho que dizia *Adquirido*. Eu não queria ceder a um comprador anônimo aquela invocação mais ou menos desesperada.

Houve críticas favoráveis, que destacaram "a juventude e a originalidade do pintor", embora um senhor cético tenha escrito que, àquela altura de sua vida e da história da arte, esse "erotismo dos relógios" lhe inspirava mais lástima do que admiração. É provável que nem todos tenham lido sua simpática injúria, já que, ao final das duas semanas da mostra, eu tinha vendido duas mulheres e quatro relógios, sem contar que cada uma das mulheres levava consigo seu próprio reloginho. O fato é que meus relógios, grandes ou pequenos, marcavam as horas mais diversas, mas o público se interessou particularmente pelo que marcava 3h10.

O sulco do desejo

Eu tinha completado meus vinte e um anos quando comecei uma relação estável com uma garota sensacional. Não sei dizer se éramos namorados "ou algo assim", como Juliska definia as uniões que, segundo ela, eram irregulares. Quase nunca nos encontrávamos na minha casa, porque Mariana, que estudava veterinária, dividia um apartamento na Aguada com Ofelia, uma colega de faculdade, e esta viajava todos os fins de semana para Maldonado, onde morava sua família, de modo que o apartamento ficava à nossa inteira disposição.

Conheci Mariana num baile do Clube Banco Comercial. Dançamos a noite toda. A primeira afinidade foram os tangos, algo insólito entre os jovens, mas como entre cada tango e o seguinte transcorriam às vezes quinze minutos, nos sentávamos, tomávamos uns tragos e nos contávamos as respectivas histórias, que não eram, convém reconhecer, muito apaixonantes. Na realidade, não sei o que ela me omitiu, mas sei que eu deixei de mencionar o Dândi, minha iniciação com Natalia e meus encontros com Rita.

Outra zona de exploração mútua foi mais importante. É virtualmente impossível que, depois de vários tangos, dois corpos não comecem a se conhecer. Nessa sabedoria, nesse desenvolvimento do contato, o tango se diferencia de outros passos de dança que mantêm os bailarinos afastados entre si ou só lhes permitem roçadelas fugazes que não fazem história. O abraço do tango é sobretudo comunicação, e, se fosse preciso adjetivá-la, eu diria comunicação erótica, um prólogo do corpo a corpo que logo virá, ou não, mas que nesse momento figura nos bailarinos como projeto verossímil. E quanto melhor o casal se der na dança, quanto melhor um corpo se amoldar ao outro, quanto melhor se corresponderem o osso de um com a tenra carne da outra, mais patente se fará a condição erótica de uma dança que começou sendo executada por rameiras e cafetões dos anos 1900 e que continua sendo executada pelo cafetão e pela rameira que uns e outras trazemos adormecidos em algum canto das respectivas alminhas e que despertam, alvoroçados e vibrantes, quando começam a soar os acordes de *El choclo* ou *Rodríguez Peña*.

Assim, os sucessivos tangos daquela noite, que não foi mágica, e sim muito terrestre, permitiram que meu corpo e o de Mariana se conhecessem e se desejassem, se complementassem e se necessitassem. Quando, três dias depois, nos despojamos de toda a roupagem e nos vimos tal e qual éramos, a nudez textual nos trouxe poucas novidades. Desde o quinto tango, já nos sabíamos de cor. Algum detalhe novo (um sinal, sete sardas, a cor dos pelos fundamentais) era pouco menos que subsidiário e não modificava a imagem primeira, a essencial, aquela que a disponibilidade sensitiva de cada corpo havia transmitido aos arquivos da imaginação. A memória do corpo não cai nunca em minúcias. Cada corpo recorda do outro o que lhe dá prazer, e não aquilo que o diminui. É uma memória entranhada, mais, muito mais generosa do que o tato já desgastado das mãos, excessivamente contaminadas de rotina cotidiana. O peito que toca peitos, a cintura que sente cintura, o sexo que roça sexo, toda essa saborosa rede de contatos, embora se verifique através de sedas, casimiras, algodões, fios ou tecidos mais rústicos, aprendem rápida e definitivamente a geografia do outro território, que chegará ou não a ser amado, mas que por enquanto é fervorosamente desejado. Afinal, o germe do amor terá melhor prognóstico se for semeado no sulco do desejo. Onde terei lido isso? Possivelmente é meu. Anoto-o para o tema de um quadro (sem relógios): *O sulco do desejo*. Talvez soe demasiado literário. Mas não. Deve mostrar um casal que dança tango. Só isso. *O sulco do desejo*. Nada mais. Que o público imagine.

Já fica dito: entre Mariana e eu, a primeira aliança foi a dos corpos. O dela era sem dúvida uma das sete maravilhas do meu mundo. O meu era no mínimo um punhado de sensações novas. Nós os percorremos, desfrutando-os, confirmando palmo a palmo a informação veraz que o tango transmitira. Durante vários encontros, continuamos fascinados por essa comunhão. Não havia pergunta de um corpo que o outro não soubesse ou não pudesse responder. Falávamos tão pouco! Acho que tínhamos medo de que a palavra, ao invadir nosso espaço, nos trouxesse querelas, fraturas, desconfianças. E o silêncio era tão saboroso, o toque era tão rico!

Assim foi até que irromperam as palavras, outras e longínquas palavras. Uma noite, entrei em casa e Juliska me esperava com um envelope cor de creme. "Vinha com muita perfuma", observou a iugoslava com todo o sorriso de sua boca camponesa. O envelope trazia selos brasileiros e não havia remetente. Esperei até chegar ao meu quarto e o abri. Continha um postal da Bahia: "Parabéns pela exposição. Gostei de sua contribuição aos meus ponteiros das 3h10. Não o processarei por plágio. Pensou em outra variante do mesmo horário? Que ela seja o ponteiro dos minutos e ele o das horas? Será uma boa inovação. Dou a ideia de presente a você. Ou melhor, troco por um retrato. Isso, me pinte com um reloginho-pulseira que marque 3h10. Ah, e obrigada pela homenagem. Beijos e beijos de minha boca débil em sua boca forte, todos de sua *Rita*."

Mulher do aquém

A nuca imóvel de Mariana, a poucos centímetros de meus olhos de insônia, tinha uma aura de serenidade, ainda desconhecida em minha escassa experiência com mulheres adormecidas. Lichtenberg (minha leitura mais recente) escreveu: "Toda a nossa história não é mais do que a história do homem desperto; na história do homem adormecido, ninguém pensou ainda." Pensarei na história da mulher adormecida.

Tínhamos feito e desfeito o amor com uma nova e transformadora avidez, que não era só física: nós o tínhamos feito com uma dimensão do sentimento que era diferente da convocada pela conspiração e pelo fascínio do tango. Era como se tivéssemos alcançado outra região do gozo, menos vibrante, talvez, porém mais duradoura. De repente me senti candorosamente homem. Não como antônimo da mulher, mas como sinônimo de ser humano.

Alonguei meu braço até seu braço e o percorri lentamente, de cima a baixo, para não o esquecer. Ela mal se moveu e ronronou meu nome, na realidade não disse Claudio com todas as letras mas só as vogais, como se as consoantes tivessem ficado enredadas no sono. Isso me deu certa segurança, já que sempre existe a possibilidade de que uma mulher adormecida pronuncie outro nome, embora esse nome pertença ao passado. É claro que, se ainda aparece em seus sonhos, isso implica que pode retornar à sua vigília.

Felizmente, como Mariana disse o meu, minha mão se sentiu autorizada a mover-se até seu seio esquerdo, minha escala predileta. E ali permaneceu, como em um lar que finalmente acolhesse o filho pródigo. Os lábios de Mariana beijaram o ar cálido. Ainda adormecida, ela se abraçou a mim e me reteve, e quando por fim decidiu acordar constatou que eu estava nela, dentro dela.

Na realidade, essa nova época havia começado uma semana depois que recebi o postal baiano de Rita. Durante vários dias me senti indisposto, não fui me encontrar com Mariana, nem sequer lhe telefonei. Antes, precisava ver claramente em mim mesmo. Com que então, Rita havia estado em Montevidéu, comparecera à exposição e no entanto não tinha me procurado? Ela conhecia meu endereço, meu telefone, meu café rotineiro, meu trabalho, mas não fizera nada para me ver. Sua lembrança continuava me comovendo, mas eu podia me escravizar, sabendo que, tal como havia sido antes, como era agora e como com certeza seria depois, Rita era só uma presença fugidia, uma espécie de meta inalcançável? Eu não queria me anular nem submergir na frustração. Queria me realizar, tanto na minha vida amorosa em particular como na vida em geral.

Minha infância e minha adolescência ainda emitiam lampejos, mas eu era agora um adulto, alguém que, já que não confiava no Além, devia inserir-se no Aquém, gozar e sofrer nele, pagando o destino à vista e não como quotas de um seguro de sobrevida. O presente me conquistava cada vez mais. O passado era uma coleção de presentes lacrados; o futuro, uma série de presentes a emitir. A história toda era um longuíssimo, interminável presente. Também o era minha própria história. O resto era, sem dúvida, incerteza, vazio. Onde estava mamãe? Onde estava o Dândi? Onde minha avó Dolores, morta havia só dois meses, ainda perguntando, obsedada, se os anarquistas da carvoaria tinham retornado clandestinamente de Paris para fabricar mais francos franceses, porque haviam consumido integralmente no Folies-Bergère a primeira edição? Todos eles tinham de fato se esfumado, se instalado para sempre no Nada. O Nada, a morte era isso, e não aquele sonho, repetido e em espiral, que Rita propunha. O Aquém, ao contrário, era Mariana, e entre uma Rita que oscilava entre fugas e aparições e uma Mariana que permanecia junto de mim e me fazia feliz, decidi-me naturalmente por Mariana, mesmo sabendo que Rita continuaria me tocaiando e me vigiando em qualquer meandro de meus dias e noites futuros.

    Foi a partir dessa escolha que minha relação com Mariana mudou. Coincidentemente, minha ausência de vários dias a fizera concentrar-se em si mesma e medir-se e medir-me. E decidir apostar em nós. Dois ex-namorados ficaram para trás. Disse-me isso sem chorar, com seus olhos escuros bem abertos. De modo que quando voltei para ela, e também lhe narrei quanto Rita havia pesado em minhas vacilações (até então, eu nunca a mencionara a Mariana) e lhe disse que ficaria definitivamente com ela, o fato de termos escolhido, ela a mim, eu a ela, cada um por conta própria e em liberdade, significou um pacto espontâneo, sem papéis nem testemunhas, e quando por fim nos abraçamos, pela primeira vez mais aquém e mais além do tango que nos havia juntado, sabíamos que isso ia ser perdurável, isto é, tão perdurável quanto o transitório admite.

Para que falar?
(Fragmento dos Rascunhos do velho)

Por que sou tão calado? Quanto mais falam os que me rodeiam, menos vontade tenho de dizer algo. Talvez seja esse o sentido destes *Rascunhos*, que retomei depois de seis anos. Dizer algo. Não sei com quem falar de Aurora. Às vezes penso que Claudio compreenderia, mas o rapaz está em outra. Sonia está bem. Esforça-se por me acompanhar e não quero feri-la. É verdade que não falo muito com ela. Meu corpo, sim, fala com o seu, e talvez isso seja suficiente. Será? Confesso que ela me mantém vivo, me livra do tédio. Eu nem ao menos lhe disse que seu ventre é uma delícia. Vou dizer. Prometo a mim mesmo. Ela tampouco é muito loquaz. Afinal, para que falar quando fazemos amor? Com Aurora a festa era diferente. Em primeiro lugar, era *festa*. Ela não só gozava, também se divertia. Nosso ato era alegre. Não é nada mau, rir em pleno orgasmo. Sinto falta da festa. Aí reside o segredo. Aurora não era calada, e eu também não o era no tempo de Aurora. Ela me provocava com perguntas. Fazia-me pensar. Sonia, em compensação, quando fala já vai dando as respostas. Respostas a perguntas que eu não formulei. Aurora era insegura. Sonia é seguríssima. Eu estou seguro de minha insegurança. Que confusão. Hoje estive fazendo cálculos sexuais. A verdade é que passei por poucas mulheres. Por fidelidade? Por preguiça? Não sei. Só contei oito. Em meus quase cinquenta, não é uma marca digna do Guinness. Das outras, isto é, das ilegais, cinco foram apenas breves escalas. Não me deixaram rastros. A que me deixou algo foi aquela Rosario. Talvez eu não tenha sabido retê-la. De outras recordo os seios, o sexo, as pernas. De Rosario, os olhos. Mais que os olhos, o olhar. Ela olhava como quem quer dizer algo e não diz. Nunca a vi chorar. Às vezes eu lhe dizia coisas duras, pouco menos que ofensivas, para ver se ela chorava. Ela, porém, limitava-se a me encarar profundamente, mas sem lágrimas. Alguma vez fui feliz? Antes de Aurora, perdi Rosario. A pobre Aurora se apagou sozinha. E agora existe Sonia, que sabe me acompanhar. A dúvida é se somos um casal. Acho que sim, mas não deveria duvidar. É o que me parece.

Por que me mudei tantas vezes? Passei por mais casas do que por mulheres. Escrevo e guardo estes *Rascunhos* aqui no hotel. Não são para ninguém, nem mesmo para mim. Não me são indispensáveis. Eu poderia viver sem escrevê-los. Na realidade, isto não é escrever. No máximo, é dizer algo em cima do papel.

O hotel. É o melhor emprego que tive. Só pelo privilégio de, do meu escritório, ver os pinheiros, só por isso valeria a pena. Além do mais, eu me dou bem com as pessoas: empregados, turistas. Em geral, me dei melhor com meus parentes distantes do que com os próximos. Contudo, meu mais próximo continua sendo Claudio. Não sei se vale como pintor. Na verdade, o que ele faz não me agrada muito. Ficou meio pesado com isso dos relógios eróticos. Prefiro que ele seja boa gente (e é) antes que bom pintor.

O pinheiro maior mexe sua copa. Que elegância. Ele me acompanha bem, como Sonia. Um galo canta muito longe, e em seguida outro, mais próximo. Muitas vezes tenho vontade de lhes responder. Mas só sei emitir cacarejos humanos, não tangos de galo.

As constâncias do viúvo

Como antes, como quando a vovó Dolores era viva, continuei consagrando as manhãs dos domingos (exceto quando vou à feira) ao vovô Javier. Mas desta vez fui com Mariana. Tinha o palpite de que eles iam sintonizar. E sintonizaram. Os olhos de Javier, quase sempre abatidos, entrefechados, se iluminaram. Ele tocou a face de Mariana com uma só mão, como se quisesse confirmar com o tato aquilo que seus olhos míopes mal distinguiam. "Que linda", disse, exultante. "E que maravilha vocês serem jovens para se amar. Eu já me esqueci de como era ser jovem, mas não de como amei e de como me amaram." "Dolores?", perguntei, imprudente. "Dolores e Eugenia, Pastora, Isabel etc." "Caramba, vovô, um verdadeiro harém", comentou Mariana. "Não se espante, menina linda, nem se surpreenda se um dia este meu neto gostar de uma ou de outra. É bom ter um coração grande, onde caibam muitos amores." "E eu, vovô, tenho permissão para ampliar meu coração?" "Ah, não, garotinha, nisso eu não faço concessões. Sou insubornavelmente machista."

Ficou pensativo um tempinho. "Ah, eu ia esquecendo, também amei uma Rita." "E o que aconteceu?", perguntei, surpreso e quase retroativamente enciumado. "Aconteceu que ela simplesmente se esfumou. Era linda e sedutora. A verdade é que essa não se entregou a mim. Só desapareceu. E acho que eu não a tratava mal. Em geral, nenhuma teve queixas de mim. Um dia, ou na maioria das vezes uma noite, a magia terminava, mas ficávamos amigos. Até houve uma, Pastora, que acabou sendo amiga de Dolores." "Parece que as Ritas são escorregadias", insistiu Mariana, sem me olhar.

Como era de esperar, o vovô não desperdiçou a oportunidade de contar a Mariana todos e cada um dos pormenores da célebre fuga e da teoria da vovó Dolores. Em sua nova versão, corrigida e ampliada, Javier narrava que os fugitivos, antes de entrar no carro, haviam cantado a Internacional. "Mas como?", perguntei, "não eram anarquistas?". "Tem razão. Então devem ter cantado o hino. Ou algum bolero. Mas cantaram." Mariana se divertia à beça, e o vovô, como felizmente não era nada bobo, também ria de sua própria invenção.

O pátio dos fundos da igreja estava deserto. "Os padres já não jogam futebol", informou-nos Javier, "e, como era previsível, a freguesia juvenil dos domingos diminuiu consideravelmente. Minha teoria é que os padres foram envelhecendo e no final das partidas acabavam asmáticos, tronchos, taquicárdicos".

Perguntou pelo meu pai. "Diga a Sergio que venha me visitar e traga Sonia, assim eu a conheço. Agora já não temos Dolores, que a odiava sem nenhum motivo, portanto o campo está livre. Dolores sempre buscava (e pior: encontrava) um assunto obsessivo: a carvoaria, Sonia, e tantos outros. E não pensem que foi coisa destes últimos anos. Em outros tempos, tinha uma fixação com o presidente Batlle. Quando via nos jornais uma foto de *don* Pepe, rasgava-a em pedacinhos. Imaginem, um político tão notável. Ela dizia que era *blanca*,* mas também não gostava de Herrera. Só elogiava Saravia, que era seu deus e seu profeta. Ah, mas reconheço que quando jovens nós éramos felizes. Mas quem não é feliz quando jovem? Na época a gente não se dá conta (só percebe muitos anos depois, quando começam os achaques e as manias), mas a juventude é uma maravilha. Vamos ver se vocês dois não esperam ficar velhos para se dar conta, hein? A maravilha é o que têm agora, não o que recordarão mais tarde, em meio à neblina da memória chorosa. Por exemplo, minutos atrás eu lhes mencionei várias mulheres de minha vida, e no entanto, embora tenha presentes os nomes, não me lembro dos rostos." E acrescentou, com um resto de malícia: "O que conservo são recordações parciais. Por exemplo, os peitos de Eugenia, o sexo de Isabel." "E de Rita?", perguntou Mariana. "De Rita? Só o rastro que ela deixou em sua fuga."

---

* O Partido Nacional ou Partido Blanco é um partido político uruguaio de centro-direita. (N. da E.)

Pés em poeira cor-de-rosa

Na realidade, Claudio não se chamava só assim, mas Claudio Alberto Dionisio Fermín Nepomuceno Umberto (sem agá). O hábito de semelhante comboio de nomes vinha de família, provavelmente de uma tradição enraizada no centro da Itália, digamos Úmbria ou Toscana, já que seu pai se chamava Sergio Virgilio Mauricio Rómulo Vittorio Umberto, e seu avô, o do armazém de Buenos Aires, Vincenzo Carlo Mario Umberto Leonel Giovanni. E assim continuava, não sucessiva mas retroativamente. Como se observará, o nome Umberto é o único que se repete, a identidade constante, algo como a marca de fábrica.

Para Claudio, aquela ladainha de nomes era um pesadelo e muitas vezes havia significado um incômodo, especialmente quando ele devia encaminhar ou conseguir um documento qualquer. Recordava com particular vergonha um desses trâmites humilhantes. Meses antes de completar dezoito anos, havia comparecido a uma seção da Corte Electoral a fim de iniciar os trâmites correspondentes à sua Credencial Cívica, para estar assim em condições de participar das eleições pela primeira vez (a pedido do pai, votaria numa lista batllista) no mês de novembro seguinte. A cada postulante, haviam atribuído um número, e a ele coube o 21. Quando por fim chegou sua vez e se viu diante de um veterano, de expressão cansada e guarda-pó cinza, que devia preencher em cada caso mais de vinte formulários com os dados correspondentes, ele puxou do bolso a certidão de nascimento, na qual muito apertadamente havia entrado seu sexteto de nomes. Aquele cinzento especialista em rotinas leu detidamente a linha na qual constava Claudio Alberto Dionisio Fermín Nepomuceno Umberto

Emilio. Perguntou em tom neutro se Umberto se escrevia sem agá, e ante a resposta afirmativa, e sem que nenhum gesto extemporâneo tornasse patente seu tormento interior, disse em voz alta: "As pessoas que receberam os números 22, 23 e 24 não serão atendidas hoje e deverão se apresentar na próxima segunda-feira." Houve alguns murmúrios e até um esboço de protesto, extinto o qual, o funcionário de guarda-pó cinza começou a preencher o primeiro dos vinte e três formulários.

Uma noite em que, depois do amor, e ainda nus, permaneceram na cama dela, Mariana e Claudio começaram, como faziam frequentemente, a contar-se coisas (sempre lhes restava alguma peripécia inédita), e ele, como máxima prova de confiança, confessou-lhe sua procissão de nomes. Mariana, que ria facilmente, começou com caretas de surpresa e terminou em repetidas gargalhadas. Claro que Claudio não se ofendeu ante essa singular acolhida à sua longuíssima identidade: em vez disso, dedicou-se a uma fruição inesperada, que era ver e admirar como o lindo corpo despido da moça se sacudia e se contorcia em consequência das risadas em cadeia. O nome que mais a divertia era Nepomuceno e, a partir daquela data, sempre que por alguma razão, importante ou insignificante, os dois discutiam, ela de repente dizia "Nepomuceno" e o nome-chave lhes devolvia a alegria de estar juntos. "E você como se chama? Mariana e o que mais?" "Mariana e ponto", disse ela. E assim, cada vez que ela o chamava de Nepomuceno, ele replicava "Mariana e ponto".

Claudio continuava pintando. Mariana posou durante horas, mas em cada sessão tirava o relógio-pulseira. Claudio percebia que aquele gesto era um rito-anti-Rita. Como tinham combinado que Mariana só veria o retrato quando ele desse a última pincelada, Claudio foi tentado a incluir no óleo o reloginho que a própria modelo descartava, mas teve medo das consequências e abandonou a ideia. Quando por fim foi autorizada a olhar o quadro e se sentiu muito orgulhosa do resultado, Mariana disse: "Que bom, Nepomuceno, que você não colocou um reloginho. Eu não suportaria isso." Claudio não mencionou suas tentações descartadas. Disse apenas:

"Mariana e ponto, acho que este humilde artista merece um prêmio."

Meia hora mais tarde, já recebido o prêmio em espécie, ele perguntou: "Na próxima vez, você me deixa pintá-la nua ou prefere que eu escolha outra modelo?" "Mas Claudio!", gritou ela, desta vez esquecida de Nepomuceno, e se cobriu com o lençol rosa. (Claudio odiava essa cor, mas reconhecia que a cama e os lençóis eram dela, e não dele.) O movimento foi tão rápido que os pés, muito brancos e delicados, ficaram ali embaixo como um único saldo de nudez que sobressaía do lençol rosa. Só então ele se deu conta plenamente de como eram bonitos, e foi precisamente nesse instante que nasceu o tema de seu próximo quadro: *Pés em poeira cor-de-rosa*.

Vozes longínquas

"Também parei de estudar", disse Norberto. "Trabalho no Ministério da Fazenda e não me saio mal. Faz um mês que me aumentaram o salário. Casei-me já faz um ano com Maruja, talvez você se lembre dela, também era de Capurro." Eu a recordava muito vagamente, já que ela era dois ou três anos mais nova do que nós e entre crianças essa diferença era grande.

      Eu o encontrara na saída da agência, ao meio-dia de uma segunda-feira. Fazia uns dois anos que não nos víamos, então na mesma hora decidimos almoçar juntos. Estávamos em plena Ciudad Vieja, de modo que fomos a *La Bolsa*, que ficava a poucos metros, isto é, na Piedras, entre Zabala e Misiones. Mais do que um restaurante, aquela era a cantina simpática de uns galegos (toda a família trabalhava lá), boa gente, alegre e operosa. Eu ia frequentemente almoçar ali, ao sair da agência, e alguns deles, como Manolo, que servia de garçom, e Inma, a caixa (só algum tempo depois eu soube que esse nome quase impronunciável era uma apócope de Inmaculada), me tratavam com uma intimidade quase familiar. Tinham um modo de manejar o idioma que me encantava. Por exemplo, se na hora da sobremesa dois comensais pedissem cada um "un flan doble", Manolo ordenava à cozinha: "Dos flandobles!", e isso me soava como dois "mandobles".* Uma vez em que pedi sopa e na primeira tentativa constatei que a colher tinha um importante furo pelo qual a sopa voltava ao seu prato de origem, chamei Manolo e lhe mostrei o estrupício. Ele levantou a colher à altura dos olhos e, ao verificar a existência do orifício

---

* Estocadas ou, dependendo do contexto, bofetadas. (N. da T.)

por mim denunciado, exclamou com autêntica consternação: "Me cajo en Dios,* qué buraco!"

Pois ali fomos eu e Norberto, que se admirou ao constatar os gestos amistosos com que Manolo me recebia e a saudação alegre que Inma me dedicava lá do caixa. Não havia muito o que escolher, então pedimos melão com presunto e milanesa com salada. Durante o presunto com melão, Norberto me falou de Maruja e do seu louvável propósito de ter filhos (pelo menos dois) em um prazo relativamente breve. "Se Deus quiser", acrescentou, cauteloso. "Assim, depois ficamos tranquilos e as crianças crescem juntas. Nunca me agradou ser filho único. Nem pelas vantagens nem pelas desvantagens." Ao que parecia, Maruja estava de acordo: ela também era filha única e tinha sofrido essa condição. "Você foi sortudo. Tem uma irmã. Chama-se Elenita, não?" Sim, Elenita. Informei-lhe que minha irmã já estava no liceu e tinha até namorado. Ela me contara em segredo, porque não se atrevia a confessar ao velho e muito menos a Sonia, com quem as relações haviam melhorado mas de nenhum modo eram as ideais. Além disso, acrescentara, ele é paraguaio e não sei como o velho reagirá ao fato de eu estar ligada a um estrangeiro. Eu a animei: um paraguaio não é um estrangeiro, lembre-se de que ninguém menos que Artigas escolheu esse país para se exilar. A referência histórica levantou-lhe o ânimo, a tal ponto que dois dias depois ela contou ao velho. E o que ele disse?, perguntei mais tarde. O que ele disse? Perguntou se os uruguaios eram tão feios que eu tinha precisado escolher um *paraguas*.** O pior foi que ele o chamasse de *paraguas*. E Elenita respondeu: Para você ver, papai, não fui eu que o escolhi. Foi ele que me escolheu. O velho teve de reconhecer que, afinal, o *paraguas* tinha bom gosto.

Norberto riu com a história, mas insistiu: "Está vendo a vantagem de não ser filho único? Sua irmã tem você como

---

* Equivalente, em galego, ao espanhol "Me cago en Dios!". A expressão, um tanto intraduzível, corresponde mais ou menos a "Puta que pariu!". (N. da T.)
** Guarda-chuva. (N. da T.)

confidente e busca seu apoio. Eu não tive ninguém a quem apoiar e muito menos alguém que me apoiasse."

Já em plena milanesa com salada, me informou sobre seu hobby atual: era radioamador. Um tio seu o era, e além disso tinha grana. Dera-lhe de presente um transmissor-receptor de considerável alcance, de modo que nos últimos tempos ele passava horas inteiras com os audiofones colocados e trocando mensagens com sujeitos da Venezuela, de Porto Rico ou de Santa Cruz de Tenerife. O entusiasmo o levara a tomar aulas de inglês, e, embora ainda não falasse com desenvoltura, conseguia se comunicar com Liverpool, Ottawa ou Boston.

"Em onda curta, como você pode imaginar, assim como o castelhano que se fala não é o de Cervantes, tampouco o inglês é o de Shakespeare. Sabendo dizer *Hullo, What's the weather like, It looks like rain, What a pity*, é mais do que suficiente. Além disso você sabe que (padre Ricardo à parte) eu sempre tive inclinações religiosas, de modo que espero que algum dia, enquanto vou movendo o dial, de repente soe uma voz grave e protetora, que diga (em castelhano, claro; Deus só fala em inglês com os protestantes): Deus chamando Norberto. Câmbio. O problema é o que eu devo responder a ele", concluiu Norberto, fingindo-se aflito, já que era evidente que estava zombando de si mesmo e de sua antiga religiosidade.

Depois de pedir e consumir "dos flandobles", Norberto me fez prometer que iria à sua casa. "Por duas razões. A primeira é que você conheça (ou reconheça) Maruja. A segunda, que veja meu equipamento de rádio. Vá com Mariana, claro."

Na semana seguinte, fui com Mariana. Eu não teria reconhecido Maruja, mas em compensação Mariana a reconheceu, já que, para surpresa de Norberto e minha, as duas tinham sido colegas em não sei qual colégio de freiras. "Esta Montevidéu é uma aldeia", dissemos todos, tão harmonizadamente como se interpretássemos o quarteto vocal de *Rigoletto*.

Enquanto elas repassavam suas lembranças monásticas, Norberto me levou ao seu *sancta sanctorum*. A aparelhagem era impressionante. Ele pôs os audiofones e colocou outros em mim. Começou a percorrer o espinel hertziano. Linha a linha do dial, iam aparecendo vozes estranhas e idiomas impossíveis, mas também um tucumano que clamava por uma limenha, e um carioca que anunciava ter uma má notícia para um bogotano. Chamavam-se por letras e números em código, por exemplo CX1BT (e em seguida esclareciam: CX1-bateria-terra). Aquilo era aflitivo. As vozes do universo estavam ali. Não estranhei que Norberto acariciasse a esperança de escutar a voz do Senhor, já que aquele aparelho parecia ter um alcance ilimitado. Havia vozes que chegavam, sem dúvida nenhuma, das galáxias, onde talvez Deus fosse descansar todos os domingos (costume adquirido desde a Criação), assim como nós vamos a Portezuelo ou a La Paloma.

    Norberto se levantou e me fez sinal de que ia buscar as mulheres para que elas também desfrutassem daquele vozerio, que com frequência se misturava com estranhos apitos ao estilo de vendedor de amendoim, e também com batuques retumbantes, que tanto podiam ser trovões como metralhadoras ou simples gargalhadas do Mandinga.*

    Fiquei escutando, àquela altura fascinado pela trilha sonora do universo. Uma voz esganiçada, mas castiça, de Bogotá, havia estabelecido contato intermitente, entre "câmbio" e "câmbio", com outra, de sotaque indisfarçavelmente caribenho, talvez de Maracaibo, e entre uma coisa e outra foram recapitulando e comentando os resultados do beisebol da última temporada. Como aquilo me entediava soberanamente, movi o dial. Então, soou em meus audiofones: "Rita chamando Claudio. Câmbio." Eu não conseguia acreditar. Mas passaram-se dois minutos e voltei a ouvir: "Rita chamando Claudio. Câmbio."

    Senti que Norberto me tirava os audiofones. Ele havia entrado com Maruja e Mariana e eu não me dera conta. Norberto me perguntou o que eu tinha. "Você está pálido", disse Mariana. "Não sei, não sei, talvez tenha ficado tonto com tantas vozes." "Tenho a impressão de que você desmaiou", dis-

---

* Em algumas regiões da América espanhola, nome pelo qual é conhecido o diabo. (N. da T.)

se Maruja. "Pode ser", admiti, "mas tonto ou desmaiado ou adormecido, continuei escutando vozes e vozes, mensagens e mensagens". "Não acho que você tenha desmaiado", disse Maruja. "Estava com os olhos bem abertos." Mariana riu: "Como se tivesse visto um fantasma."

Nem sempre é assim

Finalmente conheci o Paraguas. É de uma tal timidez que eu, ao seu lado, me senti Ricardo Coração de Leão. Mas tem um olhar franco e um riso espontâneo e contagiante. Como todos os paraguaios que conheço, tem uma tez de índio e, além do castelhano, fala (e sobretudo canta em) guarani. É preciso insistir muito para que cante, e ele nunca o faz se houver mais de três ou quatro pessoas dispostas a escutá-lo. Sua voz é agradável, e além disso o guarani parece uma língua criada especialmente para ser cantada. Como era natural, Elenita o fitava extasiada.
 Às vezes vão juntos ao hotel, acho que para o velho ir se habituando à presença do rapaz. O velho nunca foi puritano, mas não se atreve a fazer certas recomendações à filha. Sabe muito bem que entre esta e Sonia não há suficiente intimidade, então decidiu me pedir que eu transmita a Elenita algumas normas elementares em matéria de sexo. O fato é que a simples possibilidade de que o Paraguas a engravide o aterroriza. De modo que não tive outro remédio a não ser tratar com ela do espinhoso tema. Grande surpresa. O Paraguas pode ser tímido, mas não é nada estúpido. Sabe tomar suas precauções. "Calma, Claudio", me disse Elenita, antes mesmo que eu entrasse no assunto. "E diga a papai que não se preocupe. Ainda não vamos dar netos a ele." Aquele diálogo me provocou uma reflexão profunda: Como os tempos mudam! Falei isso junto aos pinheiros, mas em voz baixa e meio envergonhado. Senti-me tão ridículo quanto a tia Joaquina.
 A partir daquela prova fidedigna de maturidade precoce, resolvi não me referir mais ao Paraguas (nem mesmo mentalmente) por esse apelido, mas sim por seu nome, que para minha vergonha era breve e único: José. Ao ver José e

Elena passeando pelo jardim do hotel, muito abraçadinhos, perguntei-me onde cometiam seus pecados. O tímido morava numa pensão da Unión, com outros compatriotas, e ali não permitiam visitas clandestinas, muito menos de menores. Ora, devem dar um jeito.

De passagem constatei que nas árvores havia mais iniciais gravadas, só que agora os supostos amantes prescindiam do costumeiro coração. Entre as novas duplas, havia uma que, por razões óbvias, me chamou a atenção: C e R. Com um gesto brusco, decidi espantar aquela eventualidade como se se tratasse de uma nuvem de mosquitos. Além disso, pensei, se Rita as tivesse gravado, jamais colocaria C e R, mas sim R e C, disso tenho certeza.

Fazia tempo que eu não ficava sozinho entre aqueles pinheiros tão acolhedores. Minha solidão durou pouco. Sonia apareceu e se sentou num dos veneráveis bancos de praça que o velho havia adquirido num leilão e que sem dúvida se harmonizavam com o entorno. "Escute", começou Sonia, "faz tempo que quero lhe perguntar uma coisa. Se Mariana e você se dão tão bem como parece, por que não se casam?" A pergunta me indignou, não sei bem por quê, e estive prestes a dizer-lhe que não se metesse na minha vida, que ela não era minha mãe etc. Ela percebeu que minha calma era só por fora e balbuciou: "Desculpe." De modo que silenciei minha enfiada de broncas. E não me arrependi, porque Sonia não é má pessoa e além disso fez bem ao velho.

É certo que o comportamento amoroso dos dois (descarto a possibilidade de que não se amem) é para mim um enigma. Nunca os vi se acariciarem, muito menos beijarem-se em público, nem mesmo quando estamos em família, mas não penso que essa discrição seja um excesso de pudor, é antes um estilo. Por outro lado, a relação deles é jovial e eu diria (mas nunca ousaria comentar isso com ninguém nestes termos) que se entendem administrativamente bem. Outra vez me sinto ridículo como a tia Joaquina.

"Até agora não examinamos essa possibilidade", respondi finalmente a Sonia. "Afinal, você não acha que o casamento é uma simples burocracia, e que significa muito pouco para um casal que tem vida em comum?" Sonia levantou a cabeça. Não sei se olhava ao longe ou dentro de si mesma. Depois disse: "Nem sempre é assim."

Outra vez Mateo

Desde que Claudio estivera com Norberto e Maruja, quando repassaram juntos suas lembranças de Capurro, com frequência lhe aparecera em sonhos o bairro de sua infância, e em particular um personagem: o cego Mateo. Ele acordava com um sentimento de culpa. Sabia que, algum tempo depois que ele fora lhe dar seu "adeusinho por enquanto", Mateo se mudara de Capurro. Mais ainda: tinha se casado. Várias vezes Claudio havia tentado, sem sucesso, descobrir as atuais pistas do amigo, mas agora se recriminava por não ter insistido. Não era possível que alguém, sem sair de Montevidéu, se esfumasse sem deixar rastro.

Telefonou a Norberto e este, embora não tivesse tido relações com os Recarte, conseguiu o número de María Eugenia. Então Claudio a chamou. Ela pareceu muito contente ante a evidência de que ele não os tinha esquecido, e, claro, deu-lhe o endereço e o telefone do irmão. "Melhor não telefonar. Simplesmente vá vê-lo, assim você dá a ele essa boa surpresa. Por que não vai no domingo à tarde?"

Claudio foi no domingo à tarde. Sem ser luxuosa, era uma linda casa de dois andares, em Punta Gorda, em frente à costa. Abriu-lhe a porta uma mulher jovem, graciosa e simpática. "O senhor é Claudio, não? Eu sou Luisa, a mulher de Mateo. Minha cunhada me avisou de sua vinda. Mas Mateo não sabe de nada. Venha comigo."

Ele a seguiu como se fosse ser introduzido no passado. Estava cheio de expectativas, mas também um pouco inquieto. Pensou que agora já não era um menino e que Mateo devia estar com uns 33 anos. Como seria essa nova relação, de adulto para adulto?

Luisa abriu uma porta e entraram num ambiente luminoso, com um amplo janelão que dava para o mar. Sentado numa cadeira de balanço, de costas para a paisagem, Mateo estava ouvindo rádio. Claudio achou que ele não tinha mudado grande coisa, embora à primeira vista pudesse detectar alguns cabelos a menos e alguns quilos, não muitos, a mais.

"Desligue o rádio", disse Luisa, "que eu lhe trouxe uma visita importante. Vamos ver se você adivinha quem é".

Mateo riu com vontade. "Venha cá, Claudio, quero lhe dar um abraço." Luisa e Claudio se entreolharam, desconcertados. Então Mateo se aproximou de Claudio e o abraçou com força e com afeto.

"Por favor, não atribuam este inesperado reconhecimento à minha famosa intuição de cego, hein? O caso é que minha irmã, famosa boquirrota do ancestral Capurro, não conseguiu se conter e me ligou uma meia hora atrás. Seja como for, agradeço a ela, assim pude preparar o ânimo para receber tão magnífico personagem." "Ah, traidora", disse Luisa. "Ninguém pode com minha cunhadinha."

Evidentemente, Mateo estava contente. Quando Claudio começou a falar, ele o interrompeu: "Que incrível, sua voz de agora! É como se a melodia que eu antes escutava num violino, agora a escutasse num violoncelo. Ah, mas tudo tem suas limitações. Ainda não consigo imaginá-lo com um corpo e uma presença de homem-feito."

Luisa assistia divertida ao reencontro. Saiu um momento e voltou com várias taças, bebidas e um balde de gelo.

"O que achou do meu novo estado? Viu esses dentes de coelho, tão simpáticos, que minha mulher tem? Por isso eu costumo lhe dizer que, além de vidente, porque enxerga, ela é *bidente*. E você? Continuou estudando? Tem namorada? Como vai seu pai? Alguém me contou que ele dirige um hotel e que se casou de novo. E sua irmãzinha?"

Crivado de perguntas, Claudio foi esmiuçando as respostas, que, evidentemente, provocavam novas perguntas. Seu amigo estava radiante, mas Claudio não caiu na arrogância de atribuir isso apenas à sua visita. Simplesmente, Mateo era feliz.

Mesmo assim, era-lhe difícil reconhecê-lo nessa euforia. Algum reduto de sua memória sentia falta da antiga serenidade, do inteligente sossego do outro Mateo Recarte, o de Capurro.

Quando Luisa os deixou sozinhos, o cego ficou uns instantes em silêncio e depois disse: "Presumo que você deve estar estranhando me ver tão falante e quase alvoroçado. Eu mesmo às vezes não me reconheço. Sabe o que acontece? A partir do meu encontro com Luisa, tudo mudou. Em minha condição de cego um pouco estúpido, nunca me atrevi a imaginar uma vida como a que levo agora. Quem ousaria arcar com um cego como marido? Outra cega? Talvez, mas nunca a encontrei. Uma vez se aproximou de mim uma, chamada Rita, mas depois descobri que ela não era cega, e não gostei da trapaça. Luisa e eu nos apaixonamos através da filosofia, da matemática, da literatura, da cultura em geral. Você dirá que toda essa bagagem não basta para as pessoas se amarem. E talvez tenha razão. Mas sem essa bagagem não teríamos nos conhecido e reconhecido, não teríamos entrado de cabeça no amor. Meus pais e minha irmã me dizem que Luisa é linda e eu não preciso que me confirmem. Eu sei. Uma trajetória singular, não acha? Da abstração da matemática ao amor concreto dos corpos. Garanto a você que a amo com meus quatro sentidos e o quinto não me faz falta. Em todo caso, nosso quinto sentido é o bom humor. O que mais podemos querer? Afinal, minhas mãos não são cegas e a conhecem bem."

"Que casa bonita você tem", disse Claudio. "Sim, eu gosto de estar em frente ao mar. Não vejo o farol que você vê, mas ouço as ondas. Às vezes fico um bom tempo junto do janelão. É uma maravilha escutar as ondas. Parecem todas iguais e no entanto cada uma traz um som diferente e seguramente também uma mensagem diferente. E pensar que eu falo três línguas e no entanto não entendo as ondas! Quanto nos falta para nos alfabetizar! Eu me conformo dizendo a mim mesmo que afinal isso não é tão importante. O som do mar é uma música, e a quem ocorre entender o idioma musical de Brahms, de Bach ou de Schoenberg? Eles não compuseram para que os entendêssemos, mas para que os desfrutássemos. As ondas são minha *Verklärte Nacht*."

Claudio ficou ali duas horas. Luisa o convidou para jantar, mas ele havia combinado se encontrar com Mariana em um cinema. "Você tem que trazê-la aqui", disse Luisa, que de repente havia decidido deixar de tratá-lo por senhor. Claudio se despediu de Mateo, com outro abraço, e Luisa o acompanhou até a porta. Ele a olhou com admiração. "Você não sabe como eu me alegro ao ver Mateo tão bem e tão contente." "Sim", confirmou ela, sorrindo. "Estamos muito bem e muito contentes." Claudio agarrou aquele plural, antes que se desvanecesse no ar salitroso.

Um milagre

Naquele dia em que estivemos na casa dele, e quando já íamos embora, Norberto me chamou à parte e me entregou um papel dobrado. "Para você ler depois. É um continho. Não sei se tem algum valor. Talvez seja fruto dos meus desgastes e desajustes religiosos." Não o li naquela noite em minha casa, mas muito depois, na de Mariana. Intitula-se "Um milagre":

Um santo milagroso. Isto mesmo. As beatas do povoado juravam que o tinham visto suar, sangrar e chorar. Da capital, uma agência turística organizava excursões para mostrar o Santo. Para uns tratava-se de São Miguel; para outros, de São Domingos ou de São Bartolomeu, e não faltou quem afirmasse que se tratava de um São Sebastião; algo estranho, já que lhe faltavam as flechas. E como a própria Igreja não se punha de acordo, a freguesia optou por chamá-lo o Santo e mais nada. De todo modo, o pároco estava encantado com o aluvião de esmolas.

Marcela não veio em excursão. Ela e seus pais viviam desde sempre no povoado, ou seja, conhecia o Santo desde menina. A imagem dele estivera presente desde seus primeiros sonhos infantis. Agora estava com dezessete anos e era a mais linda em várias léguas ao redor.

Também o Santo era bonito e quando Marcela ia à capela e se ajoelhava diante do altarzinho lateral em que o Santo morava, sua devoção tinha traços sutis de amor humano. Numa manhã de segunda-feira, quando o templo estava deserto, a jovem se aproximou do Santo, olhou-o longamente e desta vez seu suspiro foi profundo. Depois se apoiou e começou a beijar minuciosamente aqueles doloridos pés de gesso. Em seguida acompanhou seus beijos com carícias nas pernas descascadas.

De repente sentiu que algo umedecia seu braço. No começo não quis acreditar, mas assim era. Um milagre inédito, afinal. Porque aquilo não era pranto nem sangue nem suor. Era outra coisa.

"O que você acha?", perguntei a Mariana. "Não sei. Isso me deixou meio confusa. Tenho a impressão de que transcorre numa linha fronteiriça. Mas é uma fronteira que não aparece muito frequentemente na literatura: a que separa a religião do erotismo."

Erguendo as sobrancelhas, ela perguntou minha própria opinião. "Eu gostei, talvez porque ocorre justamente nessa fronteira. O Santo se humaniza. Nessa última linha, deixa de ser de gesso para ser de carne." "E o que você vai dizer a Norberto?" "Bom, isso mesmo."

O capital é outra coisa

Por essa época, comecei a visitar o tio Edmundo, irmão do meu pai. Sempre o achei simpático, mas na verdade nos conhecíamos pouco. Só vinha nos ver nos velórios (quando mamãe morreu) ou nos casamentos (o do velho com Sonia). Mesmo assim, dava-se bem com o irmão e os dois se telefonavam com frequência. Mas para Edmundo era difícil fazer visitas. Sua mulher, a tia Adela, que havia sido muito carinhosa comigo lá na minha infância, quando morávamos na Constitución com Goes, tinha morrido em consequência de um erro médico, ou talvez de má informação: uma enfermeira meio inexperiente lhe deu uma injeção de não sei o quê e ela era alérgica ao não sei o quê. Para o tio, isso foi um abalo inesperado. Ambos eram bastante jovens, embora me parecessem os dois bem maduros. De modo que Edmundo se sentiu como um corredor de fundo que ficara exausto no meio da corrida.

    Superar essa ausência lhe custou anos, e talvez tenha sido por isso que ele entrou em cheio na vida sindical (era bancário), leu como um possesso, formou toda uma cultura política, refez-se, enfim. Quando andei hesitando entre continuar estudando ou não, ele, como bom autodidata, me dizia que não só na universidade a gente pode "se desemburrecer"; também é possível alfabetizar-se por impulso próprio, por vocação, e "então você verá que a cultura que vai adquirindo, sirva-lhe ou não para ganhar dinheiro, já não é uma tortura, mas um prazer".

    Por fim eu decidi não me matricular e me dediquei totalmente à pintura. Também (de início para imitar Edmundo, e depois por iniciativa própria) comecei a ler com deleite, mas com maior rigor do que antes. Ele me guiava no item política, mas além disso comecei a ler romances, poesia, contos, e sentia que esse hábito me ajudava também como pintor. A militância de Edmundo era só sindical, mas ele sabia de tudo. Sem uma ordem estrita, em seu melhor estilo coloquial, foi me acrescentando conhecimentos.

  Uma vez lhe perguntei por que, com aquelas inquietações, não militava num partido, e ele me respondeu que muitas vezes havia pensado em fazê-lo, porém se sentia mais à vontade no trabalho sindical. Era um homem de classe média, com todos os preconceitos e condicionamentos que isso implica, mas sua atividade no sindicato bancário, no qual chegou a assumir responsabilidades específicas, colocava-o frequentemente em contato com operários, e ele entendia que tal convívio o enriquecia, não só política ou socialmente, mas sobretudo como ser humano. "São uns sujeitos admiráveis", me dizia, "talvez mais elementares, mais primitivos do que muitos de nós, mas, naqueles problemas diante dos quais normalmente temos dúvidas, eles, ao contrário, veem as coisas com muita clareza e em geral não se equivocam".

  Aí soltava uma risada, que sempre era franca, para acrescentar: "Veja que diante da classe trabalhadora eu não tenho complexo de inferioridade, antes creio que, se por um lado aprendemos com eles, eles aprendem igualmente conosco, embora menos. O trabalho físico vai lhe dando uma sabedoria essencial, que provavelmente vem do fato de tocar a realidade com as mãos, ao passo que o manejo de cifras e planilhas vai encerrando você num buraco de abstrações. Até a riqueza, essa que aparece nas grandes contas particulares, sobretudo nas de moeda estrangeira, é abstrata. Um saldo de nove ou dez dígitos ocupa uma só linha, tanto quanto o saldo (este, de três ou quatro dígitos) na conta de um pequeno poupador. Num banco, a riqueza não são hectares e hectares de campo, milhares de cabeças de gado, grandes mansões em Punta del Este, obscuros galpões da rua Paraguay. Num banco, a riqueza são números, e os números costumam ser magros, às vezes esqueléticos como o 1 e o 7, e até a gordura do 6 ou do 8 (papada e pança) tem significado diferente se estiver à esquerda ou à direita da vírgula decisiva."

E assim continuava, enredando-se com suas próprias metáforas contábeis, até que por último exclamava: "Que loucura! Não me leve a sério. Veja que o capital é outra coisa."

Juliska fica triste

Eu nunca havia visto Juliska chorar. A iugoslava sempre teve uma vitalidade excepcional, uma grande energia disponível e uma estranha inclinação a sentir prazer quando trabalhava, característica esta que causava estupor e desconcerto entre os montevideanos (que em geral não praticam esse tipo de hedonismo) à medida que a foram conhecendo dentro e fora de casa.

Mas desta vez encontrei-a chorando, no pátio, e tão recolhida em sua tristeza que não percebeu que eu havia entrado em casa, normalmente sem gente àquela hora da tarde. Pousei a mão em seu ombro e a pobre levou um tremendo susto, surpreendida e principalmente envergonhada com o fato de alguém entrar de modo inesperado em sua intimidade.

"O que houve, Juliska? Está sentindo alguma dor?" Juliska explodiu em soluços ainda mais desconsolados. De repente se conteve e me consagrou um olhar que convocava a compaixão. "Me dá licenço para lhe dar uma abraça?" "Mas, Juliska, por favor." E abracei-a, gesto que provocou uma nova torrente de pranto.

Perguntei de novo o que estava acontecendo, se algo lhe doía. "O almo me dói! É issa que me dói!" Nessa ocasião, estranhamente, seu humor involuntário não me soou engraçado. É verdade que era impossível rir daquela tristeza desenfreada. "Recebeu alguma má notícia do seu país?" Juliska negava com a cabeça. "Tuda é muito estranha. Eu nunca teve antes esta tristeza."

Busquei uma cadeira, fiz com que se sentasse, trouxe-lhe um copo d'água. Já não sabia o que fazer. Percebi que devia solucionar o problema com urgência, do contrário eu mesmo ia começar a chorar e isso me desprestigiaria perante Juliska, entre cujos dogmas sempre havia constado: "As machas não lacrimam."

Por sorte, sua confidência começou antes do meu pranto. Reconhecia que estava desorientada. Que eu não fosse pensar que ela estava infeliz entre nós. "São como família meu", repetia como um estribilho. Mas de repente (naquela mesma tarde, não sabia por quê) dera-lhe uma saudade terrível de sua terra. Quis recordar o gosto das frutas silvestres de lá, o odor do campo quando anoitecia, o rosto de sua mãe, o canto do rouxinol, as ondas verde-azuis do lago Skadar, o firmamento como um teto. Nostalgia profunda, diagnostiquei. "Aqui também há céu", senti necessidade de esclarecer. "Ah, sim", balbuciou, "mas estrelos demais. Não parece teta. Parece teatra".

Perguntei se ela queria voltar ao seu país. "Voltar? De jeito nenhuma. Se voltar, eu sentir muito falto Uruguai, todas senhores tão boas comiga, sentir falto praios, meu família em Las Piedras." "E então?" "Não se preocupar, sobretudo não dizer nada senhor papai nem senhora Sonia nem menina Elenita. Eu sou um pouquinho maluco, compreender? Amanhã estar contentíssima. Conhecer meus ataques de tristeza. Saudade de Crna Gora, como não, mas nem por isso viajar a Crna Gora, para não sentir em Crna Gora saudade de Montevidéu. Senhor compreender?"

Eu compreender, mas só até certo ponto. Fosse como fosse, percebi com assombro que seu castelhano estava melhorando. Evidentemente, em seu caso a tristeza estava cumprindo uma função docente. De repente, uma luzinha se acendeu em minha mente. Perguntei-lhe quantos anos tinha. Ela me pegou a mão e com o dedo indicador desenhou em minha palma um 52. Senti um grande alívio. Já não a perderíamos. Saboreei em meu foro íntimo a revelação. Juliska não estava louca, mas menopáusica. Mas, naturalmente, é possível, digo eu, imagino, que a menopausa do exílio seja mais penosa do que a de casa.

Pretérito imperfeito

> E a morte está dentro da vida.
> FERNANDO PESSOA

Pode parecer incrível, mas o pesar quase profissional de Juliska me deixou avariado por alguns dias. Ela, em compensação, se recuperou em menos de vinte e quatro horas. Na manhã seguinte ao seu desconsolo, preparou o desjejum na cozinha enquanto cantava, não precisamente uma toada de sua terra distante, como seria previsível depois de tanta nostalgia, mas um tango (pela melodia, adivinhei que era *Viejo rincón*) que um de seus parentes de Las Piedras havia traduzido para o servo-croata. Veio-me um ataque de curiosidade: como soaria, naquela língua remota, o consabido "callejón de turbios caferatas / que fueron taitas del bandoneón"?* Mas me contive e me limitei a elogiar seu café com leite e as torradas.

Contudo, não consegui me livrar de uma amargura brumosa, carregada. Tínhamos passado uns dias muito frios e chuvosos, com aquelas aborrecidas rajadas de vento que no inverno nos fazem esquecer que cidade acolhedora e agradável Montevidéu pode ser, em qualquer uma das outras estações.

Por outro lado, Mariana tinha ido com Ofelia a Maldonado. Eu nem sequer tinha vontade de pintar. Na agência, limitava-me a fazer o indispensável, sem acrescentar nada original. Até meus velhos relógios eróticos me entediavam.

Como fazia tanto frio e geralmente chovia, quando ia ao hotel eu não podia ficar no jardim, onde a vizinhança das árvores ancestrais me acalmava e ao mesmo tempo me estimulava. Uma tarde entrei num dos quartos sem hóspedes (quem viria a Montevidéu com aquele inverno de merda?) do

---

* Em tradução literal: "beco de turbulentos cafetões / que foram mestres do *bandoneón*". (N. da T.)

segundo andar. Havia uma cadeira de balanço, instalei-a diante da janela e ali fiquei umas duas horas. Sozinho. Em silêncio.

Sem me propor especialmente a isso, e com um inesperado manejo do meu próprio caos, comecei a desfiar meu pretérito imperfeito, ou seja, meu passado não perfeito, rudimentar, medroso, imaturo, deficitário, atabalhoado, distorcido, vulnerável, quebradiço, negligente etc. O que eu havia feito até então? O mundo se consumia e se despedaçava numa guerra estúpida. Milhões de mortos, e eu, o que fazia? O que fazia naquela cadeira de balanço, contemplando a desolação do inverno a partir de minha própria desolação?

Sentia-me como que cativo de minha infância em Capurro, e no entanto não tinha voltado lá. Eu era um exilado de Capurro. Pois bem, aquele enclave era constituído primordialmente pelo Parque, pelo campo do Lito, pela figueira em minha janela, ou era muito mais as pessoas que eu havia frequentado ali, as que eu ainda recordava e talvez, ainda mais, as que eu tinha esquecido? Capurro era a ressoante campainha do bonde 22 e os malabarismos do motorneiro, a expectativa da passagem de nível perto da Uruguayana, ou eram minhas conversas com Mateo e sobretudo os braços acolhedores de minha mãe, que a toda hora me transmitiam um sopro de ternura que eu já não tenho? Quem era ou havia sido ou continuaria sendo a menina da figueira, aquela Rita que se insinuara no meu quarto e no café Sportman e naquele saguão sombrio da Dieciocho, e que sempre me deixava trêmulo e frustrado?

De uma coisa eu tinha certeza: não queria mais saber de Rita, mas a incógnita era se Rita não quereria mais saber de mim. Tomara, pensei, enquanto me balançava na cadeira e na incerteza. Meu amor por Mariana estava intacto e, mais ainda, havia se consolidado, em mim e nela. Mas eu o sentia ameaçado. Essa também não era uma descoberta original. O quê, ou quem, não estava ameaçado nesse lugar e nesse tempo? Nem ao menos era uma questão de espaço ou de tempo. Sempre se vive e se viveu sob ameaça. A morte está dentro da vida, anunciou alguém. Nunca pude entender como Norberto podia repetir como um papagaio (agora já não, por sorte) as lições gastas do padre Ricardo, quando este o enchia de pavor falando do inferno. (Por via das dúvidas, nunca lhe falava do paraíso, aquele cretino.) Cheguei a pensar que, afinal, a consciência é simultaneamente nosso céu e nosso inferno. O famoso Juízo Final, nós o levamos aqui, no peito. Todas as noites, sem ter consciência disso, enfrentamos um Juízo Final. E é segundo seu ditame que podemos dormir tranquilos ou agitar-nos em pesadelos. Nem Salomão nem psicanalista. Somos juiz e parte, promotor e defensor, que remédio? Se nós mesmos não sabemos nos condenar ou nos absolver, quem será capaz disso? Quem tem tantos e tão recônditos elementos de juízo sobre nós mesmos quanto nós mesmos? Por acaso não sabemos, desde o início e sem a menor vacilação, quando somos culpados e quando inocentes?

Pensei no velho, no vovô Javier, em Sonia, em Elenita, em José, no tio Edmundo, e, claro, em Mariana. Mas de Mariana eu tinha um conhecimento, uma erudição quase milimétrica. Em compensação, faltava-me saber muito de todos os demais. E o tempo ia passando e eu o perdia, nós todos o perdíamos. Como amar-nos mais? Como transpor as barreiras da indiferença? Não quero esperar os velórios para valorizar as pessoas próximas de mim. Isto é certo: a morte está dentro da vida. Mas podemos mandá-la tirar férias, não? Trabalha tanto que bem as merece. E não sintamos sua falta, de todo modo ela voltará, e quando voltar nos tocará o ombro.

A antiga mais nova

Os corpos, felizes e agradecidos, jaziam imóveis após a união repetida e profunda. A respiração compassada transmitia uma dupla sensação de plenitude. Somente as mãos se procuraram. Já não iam em busca das zonas erógenas, que tanto prazer haviam proporcionado. Era o instante do sossego, da serenidade.

Mariana disse: "Eu devo ser antiga." A mão de Claudio se moveu, interrogativa. "Sim, devo ser antiga porque no sexo não quero experimentos, vanguardismos, posições insólitas, extravagâncias, aberrações. Para mim não há nada mais bonito que tê-lo dentro de mim e que ali você trabalhe, oscile, se derrame. Devo ser antiga, não acha?"

Claudio continuou olhando uma mancha de umidade que sempre o fascinava, mas afirmou: "Eu gosto das antigas." "No plural?", perguntou ela. "Não, no singular. Gosto de Mariana, a antiga mais nova que conheço." "E Rita é antiga?" "Não sei bem o que é Rita, mas tenho certeza de que não é antiga." "E você, o que é?" "Eu sou um traste velho."

Da rua subiu a sirene de uma ambulância. Ficaram em silêncio até que o ruído se apagou ao longe. "Sabe o que Sonia me perguntou, faz algum tempo? Que se você e eu nos damos tão bem como parece, por que não nos casamos?" "Meio enxerida a madame, não?" "Foi o que achei, embora não tenha dito, claro. Ela percebeu que a pergunta me bateu mal e se apressou a retroceder, mas me deixou pensando." "Pensando? Não me diga que quer se casar." "Eu só disse que me deixou pensando." "Ah." "E você, o que acha?" "Não acho nada. Nunca pensei no assunto. Mas me diga, não estamos bem assim?" "Estamos." "E então?" "Na verdade, desde que a perguntinha de Sonia me balançou, comecei a imaginar como seria nossa vida cotidiana se tivéssemos um apartamento que fosse para nós o tempo todo, e não só nos fins de semana, quando Ofelia vai para Maldonado." "Se tivermos como pagar, podemos ter o apartamento sem a obrigação de passar pelo cartório."

Agora vinha da rua uma gritaria de mulheres. "São as velhas daí da frente. Sempre discutem ao cair da tarde. São meu ângelus particular." Os dois riram e então relaxaram. "E se deixarmos o acaso resolver?" "Tirar cara ou coroa?" "Não tão simples. Algo mais divertido. Mudar-nos, comprar alguns móveis, tudo isso requer dinheiro, não? Eu digo ir uma vez, só uma vez e com pouca grana, ao cassino. Se perdermos esse pouco, continuamos como agora. Se ganharmos o suficiente, casório e mudança." "Está bem. Mas vá sozinho, hein? O jogo e eu não nos damos bem. Eu já lhe disse. Devo ser antiga."

Primeiro subsolo
(Fragmento dos Rascunhos do velho)

Por que escrever estes *Rascunhos*? Quando os anos se somam, a gente começa a ter noção de que o tempo foge, e talvez por isso alimente o autoengano de que escrever sobre o cotidiano pode ser uma forma, por mais primitiva que se queira, de frear esse descalabro. Mas não se consegue freá-lo, claro. Nada nem ninguém é capaz de reter o tempo.

Ainda assim, há muitos fatos e imagens que desfilam diante de nós (paisagens, notícias, empolgações, rostos, leituras, surpresas, desgraças, riscos, fastos, multidões) e que em algum sentido nos mudam a vida, mesmo que a milésimos do rumo preestabelecido. Dias ou meses ou anos depois, é provável que lamentemos não ter tomado nota desses lances e vicissitudes.

A verdade é que eu nunca acreditei nos diários íntimos. Penso que em muito poucas ocasiões alguém consegue tocar de leve o próprio âmago, em instantes que podem ser maravilhosos ou assustadores. Mas isso talvez ocorra três ou quatro vezes ao longo de uma existência. De modo que não é questão de simular que a pessoa alcança diariamente essa profundidade, quando, no melhor dos casos, mal chega ao primeiro subsolo.

Afinal, não é pouca coisa tentar ser honesto na transmissão daquilo que a gente vê, toca, experimenta, cheira, escuta. Eu queria que estes *Rascunhos* fossem algo como um caderno de navegação, mas dos sentidos, e destinado a incluir igualmente as eventuais reflexões provocadas por tais apreciações e tateios no vestíbulo da intimidade.

Hoje, no hotel, tive duas conversas algo inquietantes. A primeira foi com um norte-americano, oriundo de Iowa.

Imaginei que ele seria subgerente ou terceiro vice-presidente de alguma empresa de média envergadura. Se fosse de alto nível, não viria para este hotel. Seja como for, me perguntou se eu podia lhe conseguir umas call girls, e respondi que não, que esse serviço só é prestado em hotéis de quatro ou cinco estrelas. Ele disse que pena, já que este país realmente lhe agradava. Perguntei por quê, e ele me disse que era porque não tinha negros, e consequentemente havia a segurança de que qualquer call girl seria garantidamente branca. Esclareci que no país existem mais ou menos dois por cento de negros. Ele festejou ruidosamente essa porcentagem, porque "dois por cento não é nada, é possível esmagá-los a qualquer momento". Perguntei a que se dedicava. Para minha surpresa, não era subgerente nem terceiro vice-presidente, mas professor de Filologia Hispânica e acabava de publicar um livro sobre *O tema do rouxinol no romanceiro espanhol*. Esclareceu que a literatura clássica espanhola (na verdade, fala muito bem o castelhano) o empolgava, e em particular a Espanha, entre outras coisas porque também não tinha negros. Usando seu ano de licença, ele percorre várias capitais latino-americanas em busca de elementos para seu *work in progress*, que versará sobre variações da terminologia erótica e pornográfica do Rio Grande à Patagônia. Quando me perguntou onde poderia encontrar as mais nítidas variantes uruguaias sobre o tema em pauta, recomendei o Cerro e Punta del Este, dado que ele anotou cuidadosamente numa enorme agenda.

  O outro encontro foi com um militar uruguaio de baixa patente (devia ser tenente) que veio se encontrar com um colega argentino de nível similar. Como o hóspede havia saído, decidiu esperá-lo e eu o convidei para meu escritório. Perguntei-lhe se conhecia o argentino. "Sim, claro, nos vimos muitas vezes. Gosto de conversar com ele. Sempre aprendo alguma coisa. Os argentinos veem o panorama com mais clareza. E quando digo isso me refiro a todos, desde os generais até os cabos. Aqui, não. Injetaram em nossos oficiais veteranos o vírus da burocracia, que pode chegar a gerar um tumor acomodatício e até um crescimento descontrolado e irreversível de células democráticas. Este país está se decompondo, e antes que seja tarde será preciso recompô-lo a tiros. O marxismo é uma infecção, o senhor não sabia?"

Por um momento pensei que o tenente podia ser a boa conexão para uma clientela que prometia fecundas possibilidades, mas ainda assim respondi que não, que não sabia.

Jogo feito!

Claudio compareceu ao Parque Hotel com uma preocupação e uma curiosidade só comparáveis às que David Livingstone deve ter sentido quando, convidado pelo rei Makolo, chegou ao Zambeze. Aquele conglomerado de panos verdes, rodas de fortuna, pilhas de fichas, crupiê abaritonado, idem meio-soprano, senhoras de destaque, ex-milionários, fidalgos em farrapos, futuros ministros, trapaceiros em martingales, sortudos exultantes, suicidas em potencial, tudo isso constituía para ele, que nunca havia posto os pés no parquê de um cassino, uma selva surpreendente e reveladora.

 Ao entrar, tinha adquirido uma modesta coleção de fichas, equivalente à metade do investimento que havia fixado como limite. Mesmo assim, não se apressou a apostar. Circulou por várias mesas de roleta e se aproximou do bacará, mas logo percebeu que nesse setor eram necessários um olfato, uma competência e um virtuosismo dos quais ele não dispunha.

 Decidiu que a roleta (com cujas normas estava bastante familiarizado, graças a incontáveis filmes sobre Las Vegas e Montecarlo) estava mais ao seu alcance, não só pelas regras, facilmente assimiláveis, mas também por sua estrutura de puro acaso, ao qual todos os jogadores concorriam em igualdade de condições. Na roleta não havia trapaças nem privilégios. Convenceu-se rapidamente de que esse era o mais democrático dos jogos.

 Aproximou-se de uma mesa e, por sobre o ombro de um jogador, começou a anotar mentalmente as diferentes possibilidades e também a reconhecer em si mesmo suas próprias preferências. Aqui e ali, havia alguns sujeitos que também tomavam notas, mas não mentais, e sim em amarfanhadas cadernetas nas quais registravam os números que iam sendo cantados, a fim de poder calcular depois as frequências e desentranhar os ciclos que a imponderável roda da fortuna ia criando. Claudio observou que os anotadores eram todos homens. As mulheres não tomavam notas; simplesmente jogavam, e jogavam alto.

Entre os que anotavam, situado num ponto equidistante de duas mesas, havia um indivíduo, já mais velho, com um terno que provavelmente, em seus bons tempos, tinha sido de grife, mas que agora, na altura de cotovelos e joelhos, estava brilhoso e desgastado. Além disso, um dos bolsos do paletó acabava num remendo malfeito. A careca do sujeito brilhava, margeada por tufos grisalhos, e os olhos míopes, através de uns óculos que havia tempos reclamavam um ajuste óptico, examinavam e folheavam um caderninho de folhas quadriculadas e capa cinzenta que havia sido branca. Ele não fazia as contas somente daquelas duas mesas; também anotava os resultados de várias outras. Quando, por causa de seu andar claudicante, não chegava a tempo de conferir o destino da bola de marfim ou de escutar o pregão do crupiê, obtinha esse dado perguntando a algum dos jogadores, os quais na maioria dos casos o tratavam com indulgência e familiaridade.

Por fim, Claudio decidiu apostar. O último número cantado havia sido o 5. Resolveu confiar meramente no acaso e descartar qualquer rumor sobre tendências. Sua primeira jogada (a primeira jogada de sua vida) foi cautelosa para a segunda dúzia. *Preto 15*. Cheio de otimismo, transferiu as fichas para a última "rua". *Vermelho 34*. Depositou várias fichas a cavalo entre o 8 e o 11. *Preto 8*. O tio tinha razão. Quando ele o informara sobre seu plano, Edmundo o animara: "Muito bem. Se vai jogar só uma vez, seguramente você vai ganhar. O acaso sempre deixa o debutante ganhar, assim ele toma gosto e depois pode ser levado mansamente à bancarrota. Portanto, tome cuidado."

Recolheu as fichas ganhas e já ia colocá-las sobre o 11, arriscando pela primeira vez um pleno, quando alguém disse por cima do seu ombro: "Olá, Claudio. Parece que você está se saindo bem." Enquanto ele se voltava para ver quem era o importuno, a voz do acaso disse Jogo Feito, Nada Mais, e um rapagão que estava do outro lado da mesa parodiou: *Rien ne va plus*, fazendo-se credor de um olhar fulminante do funcionário. Claudio percebeu então que havia ficado com as fichas na mão. *Preto 11*, pronunciou a Voz.

Ele ainda xingava em silêncio quando por fim reconheceu o outro. À primeira vista não soube quem era, mas depois, um gesto da boca e certo brilho nos olhos lhe revelaram que aquele gordo era seu primo Fernando, a quem ele não via desde os longínquos tempos de Capurro. Estava como que inchado, o nariz ficara grande e escuro, as sobrancelhas eram uns pelinhos soltos e ele exibia uma barba de três ou quatro dias.

Claudio decidiu abandonar a mesa (afinal, estava ganhando), convencido de que o aparecimento do primo interrompera sua boa sorte. Só uma hora de cassino e já alimentava superstições. Combinaram tomar um trago, a fim de comemorar o encontro. E assim, com os uísques erguidos, sentiram-se mais à vontade, quase como num café da Capurro com Dragones.

Depois das perguntas de sempre (Há quanto tempo não nos vemos? Lembra-se do Lito? Continua em Montevidéu ou voltou para Melo? Casou-se? E você?), Claudio quis saber se ele continuava trabalhando como árbitro de futebol. "Ficou maluco? Quem lhe disse? Daniel? Aquele lá apregoa isso para me desprestigiar. Só arbitrei partidas em duas ocasiões, e foi na Liga Universitária." "Mas, *che*, o ofício de árbitro não é desprezível." "Eu sei, eu sei, mas Daniel diz isso para me foder. Sabia que estamos brigados? Faz anos que não nos falamos. Parece mentira, dois irmãos, não?"

Claudio perguntou se ele sabia onde estava Daniel. "Acho que lá pelo Canadá. Vive viajando. Não lhe mandou postais? Ele manda postais para todo mundo, menos para mim, claro." "Mas você também viajou." "Sim, viajei. Mas no final me entediava como uma ostra. Como uma ostra entediada, entende? Porque imagino que devem existir ostras divertidas como um chimpanzé. Como um chimpanzé gozador, claro. Já viu alguma vez em Villa Dolores como os chimpanzés fornicam? Gozam como turcos. Ou seja, me entediei. E veja que era a Europa do pré-guerra, hein? Mas as gordas de Rubens e os magros de El Greco, as odaliscas e os obeliscos, a Torre Eiffel e a de Pisa me davam sono. Não sirvo para tanta cultura. Isso me dá gases. Eu sou da geração do mate, da grapa e da milanesa."

    Fernando se manteve alguns instantes com o olhar perdido. Depois baixou a voz e disse: "Sabe por que Daniel e eu brigamos? Nós andávamos sempre juntos. Fizemos juntos centenas de barbaridades. Mas, como dizia meu velho professor de francês: cherchélafam.* Havia uma garota, meio putinha, que quando estávamos juntos desfilava mexendo a bunda (que, diga-se de passagem, era uma glória) e, claro, nós dois nos apaixonamos. Erro crasso, como diz o outro. Em separado, cada um acreditava ser o preferido. Daniel e eu começamos a nos odiar. E a cada vez que ela passava, criando como sempre problemas de nadegotráfico, nos odiávamos sempre mais. Até que num entardecer de fevereiro, justamente quando se espalha aquele calorzinho que subverte todo mundo, a mina passou, rebolando como de costume a bundapoema, mas desta vez dando o braço a um pentelho, cujo maior atrativo era a posse de um *renault* de bolso, no qual os felizardos devem ter penado como Caim (por mais que o fratricida nunca tenha tido automóvel) para trocar o óleo. Recordo que, ao ver aquele duplo pré-adultério, Daniel e eu nos olhamos, estupefatos. Mas a revelação tinha chegado tarde, já não podíamos deixar de nos odiar. E assim ficou até hoje." Como nesse instante Fernando teve de se calar para tomar fôlego, Claudio aproveitou para perguntar em que ele trabalhava. "Faço jornalismo. E gosto, sabe? Me dedico à informação geral, mas o que me entusiasma são os eventos de sangue. O diretor sabe da minha preferência, e sempre que acontece algum ele me manda cobrir, e eu fico agradecido. Você precisava ver mi-

---

* *Cherchez la femme.* (N. da T.)

nhas esplêndidas descrições do morto, embora eu prefira as da morta, particularmente quando a encontram pelada. Claro que não escrevo assim, expresso a coisa muito corretamente: 'A infortunada jovem se encontrava totalmente despida.' O diretor diz que meu estilo é o que melhor se adapta ao sangue e ao crime, e eu, modestamente, acho que ele tem razão." O jargão de Fernando, pensou Claudio, parecia uma caricatura do léxico que Daniel empregava, lá em Capurro, quando se nutria de Sir Arthur Conan Doyle.

De repente Fernando consultou seu relógio e disse que estava tarde para ele, precisava ir. "Vai embora sem jogar?", perguntou Claudio. "Não, já joguei. Ultimamente, não tenho tido muita sorte. Hoje deixei aqui meio salário." "Você ganha comissão sobre os eventos de sangue?" "Infelizmente, não. Sou assalariado, de modo que me pagam a mesma coisa por descrever um duplo crime passional e por cobrir um seminário sobre triquinose. Agora preciso correr, porque hoje tenho a reconstituição do crime da cabeleireira. Tome aqui o meu cartão, para me telefonar algum dia e me contar como anda, porque hoje você me fez falar como um papagaio, mas em contrapartida ficou mais mudo do que um agá."

Já livre de Fernando, Claudio se aproximou do balcão, perguntou ao barman se ele tinha café à turca e o outro respondeu que sim. Quando o trouxeram, sorveu-o lentamente. Nunca o tinha provado, mas recordou que seu chefe na agência costumava tomar um no meio da manhã. Na verdade, sentiu repulsa, mas esgotou heroicamente aquela porcaria, só para não fazer um papelão diante do barman, que havia ficado muito impressionado quando ele pediu um produto tão elitista. Quando viu que Claudio tinha terminado, o barman se aproximou e perguntou-lhe se sabia ler a borra. "O café à turca é o melhor para ler o resíduo, embora os gregos afirmem que o deles é o mais apropriado, por ser mais grosso e seus grãos, maiores." "Leia, se quiser", disse Claudio. O homem emborcou a xicrinha e pareceu fascinado pelo que via. "Há uma árvore", disse, "e também uma mulher". "Obrigado", disse Claudio, indiferente, mas lhe deixou uma boa gorjeta.

Novamente dono do seu tempo, Claudio foi para a mesma mesa na qual havia jogado. Como na vez anterior, começou apostando na segunda dúzia, mas deu a terceira. Colocou fichas a cavalo entre o 28 e o 31, e deu 27. Já ia comprar mais fichas (a outra metade autorizada pelo seu próprio plano), quando o veterano que ele tinha visto antes, o do terno de grife arruinado, aproximou-se, tocou seu braço e perguntou: "Quer um conselho de especialista?" Claudio hesitou, não queria se envolver em projetos alheios e além disso temia que o sujeito lhe pedisse dinheiro ou algo assim. "Não vou lhe pedir nada. É um conselho grátis." Ele continuou sem responder. "Jogue no 3 e no 10."

Aqueles números o golpearam no peito. Foi como se todos os seus relógios eróticos soassem ao mesmo tempo. Conseguiu balbuciar que gostava dos pares pretos. "Faça o que quiser, Claudio. O senhor é dono de sua sorte. Além disso, eu tenho que ir embora. Mas lembre-se destes números: 3 e 10. Algum dia, vai me agradecer." "Mas como o senhor sabe meu nome, e qual é o seu?" "Digamos que sou um freguês do Sportman, mas isso não é o fundamental." Não lhe estendeu a mão. Dedicou-lhe somente uma inclinação de cabeça e se afastou coxeando.

Claudio ficou tão confuso que precisou se sentar numa das poltronas laterais. De repente viu-se dizendo em voz alta: "E por que não?" Foi até a Caixa, comprou mais fichas com o resto do dinheiro e situou-se na mesa de sempre. Colocou várias fichas no 3 e outras tantas no 10. *Vermelho 3*. Todo o ganho foi para o 10. *Preto 10*. Deixou tudo nesse número e o 10 se repetiu. Então passou todo o ganho para o 3. *Vermelho 3*. Recolheu todas as suas fichas e se afastou da mesa, mas não o suficiente para não escutar os anúncios do crupiê. Foram saindo o 4, o 0, o 36, o 18, o 27, o 9, o 31. Nada do 3 nem do 10.

Encostou-se novamente à mesa de suas façanhas. Apostou alto no 10. *Preto 10*. Houve murmúrios entre os jogadores. Ele deixou a aposta mais o ganho. O 10 se repetiu. Alguns pararam de apostar, só para acompanhar sua série de acertos. Quando ele não jogava, a Voz cantava outros números. Quando jogava no 3 ou no 10, continuava ganhando.

Percebeu que seu objetivo estava mais do que realizado. Só como um gesto final, quase uma despedida, sabendo que seu ciclo se encerrara, apostou simultaneamente no 3 e no 10. A Voz cantou o 17. Deixou uma boa gorjeta, trocou uma tonelada de fichas na Caixa, espalhou por todos os bolsos as cédulas e cédulas recebidas, saiu sem pressa, entrou no primeiro táxi (podia se permitir esse luxo) e deu ao chofer o endereço de Mariana.

Toda essa grana

Quando Claudio chegou, Mariana estava radiante porque ela e Ofelia tinham passado num exame que era um pesadelo. As duas moças se abraçavam e abraçavam Claudio. Ofelia trouxe da cozinha uma garrafa de clarete e uma bandeja com sanduíches. "Estávamos à sua espera para comemorar", disse Mariana. "E ainda bem que você chegou agora, porque daqui a pouco Ofelia vai para Maldonado, quer dar a boa notícia aos pais." E logo acrescentou: "E ao namorado. Sabia que ela tem namorado?" Mais abraços e parabéns. "Conte, conte", disse Claudio. A narrativa de Ofelia foi muito breve. "É meio caipira, mas namorado, afinal." "Não o deprecie", disse Mariana. E esclareceu a Claudio: "Filho de estancieiros, o que acha?" "Sim, mas dissidente", esclareceu Ofelia. "Como assim?", perguntou Claudio, morrendo de rir. "Até agora eu não sabia que existissem estancieiros dissidentes. Imagino que fundaram um sindicato." "Pois é, para você ver. Ele vive defendendo os interesses dos peões, que estão muito assustados ante as imprevisíveis derivações dessa reivindicação."

De repente Mariana se lembrou da missão de Claudio e perguntou como ele tinha se saído. "Relativamente bem." "Que bom", disse ela, mas Ofelia os interrompeu. "Estou indo, estou indo, nos vemos na segunda-feira." Quando ficaram sozinhos, Mariana perguntou de novo: "O que quer dizer relativamente bem?" Então Claudio começou a esvaziar tudo em cima da mesa: a carteira, a pasta, os incontáveis bolsos. A montanha de dinheiro era descomunal.

Mariana ficou sem fôlego e só conseguiu exclamar, com uma voz estranha, muito mais aguda do que a habitual: "Quem você roubou? Claudio Alberto Dionisio Fermín Nepomuceno Umberto sem agá! Quem você roubou? Olhe que eu sou antiga, não se esqueça! Os delinquentes não me seduzem! Nem mesmo Robin Hood." Claudio ria às gargalhadas e Mariana ia ficando pálida. Por fim, ele temeu que ela tivesse alguma coisa, então pegou-a pelos braços, sacudiu-a um pouco e disse, quase gritou: "Não seja boba. Não vê que eu ganhei isso na roleta?"

Então a coitada relaxou de todo e conseguiu perguntar baixinho: "Toda essa grana?", e desmaiou. Claudio se assustou, deu-lhe dois tapas (ternos demais), correu ao armário de remédios e a fez cheirar amoníaco. Só quando ela finalmente abriu os olhos, ele respondeu sorrindo: "Sim, toda essa grana."

Mariana foi até o banheiro e molhou a cara. Quando voltou para junto de Claudio, o susto já se transformara em alegria. "Que dia, este de hoje! Primeiro o exame, depois este despropósito." Olhava o dinheiro e não conseguia acreditar. "Quanto é?", atreveu-se a perguntar. "Não sei", disse Claudio. "Ainda não tive tempo de contar. Mas creio que é suficiente não só para nos mudarmos, como também para uma boa entrada na compra de um apartamento. O resto a gente paga em prestações." "Vejo que você está muito imobiliário", disse Mariana.

Foi então que lhe subiu lá do fundo um tremendo suspiro. Depois ela olhou para Claudio. "Já percebi que vamos nos casar. Sonia poderá dormir tranquila." "Esqueça Sonia. Só nos casamos se você quiser." "Espere", disse ela. "Vou ensaiar minha resposta diante do juiz: Sim, quero."

Organizaram as cédulas, foram metendo-as nuns envelopes que Mariana encontrou, e depois guardaram tudo numa simples prateleira do guarda-roupa, como se se tratasse de uma inexpugnável caixa-forte. "Quando eu vinha de táxi lá do Parque Hotel", disse Claudio, "andei pensando que o melhor será a gente depositar tudo isto amanhã numa conta em seu nome. Digo em seu nome porque, como você sabe, a agência me mandará a Quito dentro de alguns dias e não faço ideia de quanto tempo estarei ausente. Enquanto isso, você vai vendo apartamentos, e se encontrar algum que nos sirva e esteja dentro de nossas recentes possibilidades, dá um sinal e concretizamos a coisa quando eu voltar. O que acha?" "Eu já não me lembrava de sua viagem. Que chatice!"

    Estavam tão atordoados, inquietos e até assustados que nessa noite não jantaram nem fizeram amor. Dormiram abraçados, como duas criaturas indefesas, angustiadas por sua boa sorte.

Esse pouco de equilíbrio

Em 9 de agosto de 1945, ou seja, no dia em que o acaso (encarnado naquele patriarca, tão empobrecido, que me aconselhou no Cassino) decidiu nos proteger e graciosamente nos permitiu especular a respeito de um teto próprio, justamente nesse dia os norte-americanos lançaram sobre Nagasaki sua segunda e descomunal bomba A, que despojou dezenas ou talvez centenas de milhares de seres humanos de suas vidas e de seus tetos.

Mariana e eu só ficamos sabendo no dia seguinte. Não sei por quê, a bomba de Nagasaki me afetou mais do que a de Hiroshima. Talvez porque representou não só o horror, mas também a continuação dele. No noticiário, especificaram que a potência do artefato havia sido de 12,5 quilotons, acrescentando que um quiloton equivalia a mil toneladas de TNT. Eu não fazia a menor ideia de quanto significava esse exorbitante poder de destruição, mas ele devia ser considerável, a julgar pelas fervorosas hipérboles dos comentaristas.

Pois bem, como os que jogaram a bomba não eram alemães nem franceses nem russos, mas norte-americanos, os locutores passaram o dia comemorando o acontecimento e louvando os formidáveis avanços das técnicas bélicas das forças democráticas. Por outro lado, as centenas de milhares de vítimas não eram branquelas, mas amarelentas, de modo que também não era o caso de preocupar-se demais.

Para mim, aquilo parecia um horror. Eu não conseguia entender que as pessoas oscilassem tão irresponsavelmente entre a exaltação indignada e a exultação comemorativa. Prognosticavam que com isso a guerra se acabava, e o diziam tão jubilosamente quanto se até ontem tivéssemos sido nós os diariamente bombardeados. Não que eu alimentasse especial simpatia pelos japoneses, mas me parecia atroz que milhares de civis morressem calcinados. Com que rapidez os norte-americanos haviam aprendido dos nazistas o sistema dos fornos crematórios! De Auschwitz a Hiroshima, sem escalas.

Deixei Mariana com sua própria ansiedade e, sem sequer passar pela rua Ariosto, fui ver o tio Edmundo. Só ele podia me explicar aquela loucura. Cheguei à sua casa quase correndo e empurrei a porta. Ele só passava a chave à noite. Estava no pátio, tomando mate, aproveitando o solzinho das onze de um dia de agosto excepcionalmente cálido. Pensei (mas logo me arrependi da minha frivolidade) que a bomba, com seu enorme fogaréu lá longe, havia aquecido nosso inverno aqui perto.

"Sente-se", convidou ele, e me apontou uma cadeira de vime. Sabia por que eu tinha vindo. "Não tenho explicação", disse. "Quem pode explicar semelhante ferocidade? A única explicação é que o homem pode ser infinitamente cruel com seu semelhante. Pode ser cruel sem conhecer o próximo, sem ter-lhe visto o rosto nem sustentado seu olhar. Pode ser cruel por decisão soberana e autônoma. Como se esse próximo não fosse um espelho. Quando ele destrói o espelho, destrói a si mesmo. A decisão de lançar essas bombas é uma decisão assassina, mas também suicida. Ainda é cedo para saber. Até agora, só chegou a imagem grotesca e alucinante do cogumelo atômico. Mas algum dia chegarão as imagens humanas e desumanas desse fato demencial. É possível que o presidente Truman seja um homem duro, pertinaz, inclemente, mas eu me atreveria a prever que nunca mais, até o dia de sua morte, ele poderá dormir tranquilo. E também os pilotos encarregados dessas missões, será que poderão resistir durante muito tempo à incandescente tentação do suicídio?"

Deu uma última sugada no mate e o deixou sobre um banquinho, junto da garrafa térmica. "E nós?", perguntei. Edmundo sorriu, desanimado. "Nada. Não podemos fazer nada. Exceto manter a sensatez. O que já é muito."

Comuniquei-lhe então o resultado de minha aventura no Parque Hotel. Os olhos dele se animaram. "Até que enfim uma notícia boa!" Contei que, com aquela quantidade de dinheiro, Mariana e eu pretendíamos comprar um apartamento e talvez nos casar, mas que as últimas notícias tinham me alterado a tal ponto que eu já não sabia o que fazer. "Três dias atrás, foi aquilo de Hiroshima e, não sei por quê, talvez porque naquele momento eu não tinha nem um centavo, me impressionou menos do que isso de agora. Será que eu não poderia dar a esse dinheiro um destino mais humano, mais solidário do que o de solucionar um problema tão pessoal, e por isso mesmo tão egoísta, como o da casa, e não a casa de qualquer um, mas a *minha* casa? Não sei se posso chamar isso de consciência pesada, já que Truman não me consultou para jogar as bombas, mas a verdade é que me sinto mal comigo mesmo. E, por outro lado, não quero prejudicar Mariana. Que confusão."

"Escute, Claudio, uma coisa é ter consciência pesada e outra é fabricá-la. Acho bom que você tenha essa inquietação, mas vai fazer o quê? Pensa organizar, com esse dinheiro, um comando para justiçar Truman? Ou vai construir um hospital para as vítimas de Hiroshima e Nagasaki? Como nunca teve nada, você acha que esse dinheiro que de repente lhe caiu nas mãos é uma fortuna. Mas veja que nem sequer é suficiente, por si só, para você comprar uma moradia, embora vá ser uma boa ajuda, claro. O fato de você querer ter seu lugar onde morar não é um impulso de egoísmo, mas um sentimento muito natural, muito humano. Já faz muito tempo que Adela e eu compramos esta casa velha, mas linda, com pátio e caramanchão. Nem por isso eu me considero um potentado. Mês a mês, fomos pagando o empréstimo do Banco. É um aspecto positivo deste país, ao menos até agora. Boa parte dos simples empregados, dos operários, tem uma casa que eles pagaram metro a metro, com cada dia de trabalho. Pensávamos desfrutá-la juntos, mas agora, quando a dívida já acabou, Adela não existe mais. A moradia não é só um bem imobiliário, é também uma forma de consolidação espiritual. Você vai ver, quando a tiver, que voltar para sua casa, todas as noites, vai lhe dar um pouco de confiança, não muita, mas um pouco, no meio deste mundo tão pouco confiável."

"E Nagasaki?" "Ah, Nagasaki. Lembro que o estudante Princip, quando tinha aproximadamente a sua idade, talvez um pouco menos, matou em Sarajevo o arquiduque austríaco Francisco Ferdinando e sua mulher, desencadeando assim, com apenas dois tiros, a Primeira Guerra Mundial. Aquele acontecimento fez com que eu me sentisse vazio, ausente, distanciado. Do mundo, da história, do futuro. Tive a sensação de que as decisões transcendentais seriam inevitavelmente tomadas por outros, de que eu sempre estaria à margem e de que minha única possibilidade (não esqueça que na época eu me dedicava ao atletismo) era correr pelos trilhos que outros me destinassem. Depois, os anos passam e aprendemos que as coisas não são assim tão inamovíveis, que sempre resta um segmento de decisão pelo qual somos responsáveis, e de cujo compromisso não podemos nos livrar tão facilmente. Quando, por fim, chega à conclusão de que o *mundo* é enorme mas seu *mundo* é pequenino, aí você começa a recuperar o equilíbrio, esse pouquinho de equilíbrio que nos coube na divisão e que não convém dilapidar."

Minha Nagasaki

Antes de viajar para Quito, eu tinha me proposto a pintar minha Nagasaki. A notícia me comovera demais para eu deixar que a desmemória a volatilizasse. Por outro lado, à medida que os dias passavam, os detalhes do horror nos invadiam, nos cercavam. Era como se Alguém nos dissesse: vocês também podem sucumbir, a rigor já estão sucumbindo, só que as bombas que os carbonizam são outras.

Um exercício tão maciço e programado do ódio, como o que ocorrera em 6 e 9 de agosto, acabou por me acabrunhar. Alimentei em mim mesmo um tal repúdio ao ódio que estive prestes a cair em um pecado colateral: odiar o ódio. Quando escutava os comentaristas de rádio, ou lia os jornalistas, que exaltavam aqueles massacres "porque haviam evitado milhões de outras mortes", parecia-me que uma nova doutrina, a hipocrisia técnico-científica, acabava de nascer.

Passei dias e dias fazendo esboços, mas não obtinha as imagens adequadas, os rostos e corpos que não aparecessem como meras reproduções da documentação fotográfica que nos chegava e nos entristecia diariamente. Então quis representar a hecatombe em abstrato, só com cores, linhas, luzes, cerrações, sem presença nem ausência de seres humanos, só como estado atroz do ânimo, como se a alma humana, e não pobres cidades, tivesse sido vítima daquele apocalipse. Mas o pincel e a espátula me escapavam, impotentes, e todas e cada uma das cores me pareciam inocentes, inexpressivas, pusilânimes.

Uma tarde, Norberto foi me buscar com sua caminhonete nova em folha. Estava tão orgulhoso de sua aquisição que quis mostrá-la para mim e se ofereceu para me levar aonde eu quisesse. Eu não estava com disposição para passeios.

Mencionei a ele meu tema obsessivo: Nagasaki. "Ah, a outra bomba", comentou Norberto, já que para ele, como para todo mundo, havia uma bomba titular, a de Hiroshima. A de Nagasaki era simplesmente "a outra bomba", a consecutiva no sistema preferencial de suplentes.

Falei da minha dificuldade de encontrar uma expressão artística adequada àquela miséria. "Miséria, você disse? Tenho a solução para seu problema." E arrancamos. Praticamente atravessamos a cidade. Eu estava introvertido, de modo que não sabia bem por onde íamos. De repente Norberto freou. Estávamos diante de um enorme, monstruoso lixão. O fedor era insuportável. Tipos andrajosos, imundos, mulheres desgrenhadas, crianças e adolescentes em farrapos, remexiam entre imundícies e porcarias, entre escória e cinzas, buscando algo, não se sabia o quê. Quando notaram nossa presença, levantaram as cabeças por um instante e nos olharam sem prevenção, sem ódio. Olharam-nos, e só. Em seguida voltaram aos seus restos, ao seu fedor, ao seu monturo, ao seu trabalho.

"Aí está sua Nagasaki", disse Norberto.

Frittatine ai quattro sapori

É provável que Norberto tivesse razão: aquela era minha Nagasaki, minha modesta, intranscendente, rudimentar Nagasaki. Mas tampouco pude levá-la à tela. Minha visão do horror ainda não estava madura para o óleo. Senti-me apenas artificialmente (não visceralmente) identificado com o tema. A admissão daquele doméstico Pátio dos Milagres (recordei que anos antes eu o procurara, sem achar, para compará-lo nada menos que com o de Victor Hugo) serviu, contudo, para que eu me sentisse estúpido e presunçoso. Compreendia agora que, mesmo na veemência de minhas afirmações diante do tio Edmundo, havia uma espécie de desproporção, de grandiloquência, como se inconscientemente eu tivesse pretendido inflar um desassossego, verossímil ante uma catástrofe remota, para transformá-lo num drama pessoal.

Em meio a essa instabilidade do ânimo, a iminência da viagem veio em boa hora. Em Quito, ia realizar-se um seminário internacional sobre desenho gráfico e publicitário, e os chefes da agência acharam que eu era o tipo adequado para absorver as novas ideias que ali circulariam: "Você é jovem, tem uma iniciante mas frutífera carreira como artista plástico, e conhecer um pouco do mundo não lhe fará mal." Curiosamente, embora liberais quanto a abrir perspectivas profissionais ao pessoal, eles eram bem sovinas nas minúcias práticas, de modo que não compraram a passagem aérea numa linha regular, mas numa companhia mais ou menos clandestina, que de vez em quando organizava voos especiais entre Buenos Aires e Quito.

Como a partida estava prevista para a segunda-feira, viajei para Buenos Aires na sexta-feira anterior, assim podia passar dois dias com os avós italianos. Mariana não foi me levar a Carrasco, porque disse que as despedidas, os casamentos e os desfiles militares sempre a faziam chorar (eu podia entender quanto aos casamentos e às despedidas, mas isso de chorar nos desfiles militares excedia minha capacidade de compreensão), de modo que só estiveram no aeroporto o velho e Sonia, Elenita e José, e até Juliska, que alimentava uma curiosidade quase infantil por assistir à decolagem de aviões.

A verdade é que eu não estava em condições de pegar no pé de Juliska, pois também nunca viajara de avião nem sequer saíra do país (Juliska pelo menos conhecia Crna Gora). De maneira que minha excursão a Quito havia se transformado em minha versão, pessoal e intransferível, de uma das minhas velhas leituras juliovernianas: *Cinco semanas em um balão*.

Quando, junto com os outros passageiros, comecei a caminhar rumo ao avião da Pluna, soou lá no alto, no terraço, a voz inconfundível de nossa iugoslava: "Boa viagem!" Já não cabiam dúvidas sobre a avassaladora melhora de seu idioma de adoção.

O vovô Vincenzo (na realidade, Vincenzo Carlo Mario Umberto Leonel Giovanni), aquele que se salvara do naufrágio por ter perdido o navio, e a vovó Rossana me receberam como a um filho pródigo. Sua homenagem mais sentida foi me brindar com o que sabiam fazer de melhor: *minestrone, fegato alla salvia, frittatine ai quattro sapori, peperoni alla carmen, crostini arlecchino, tagliatelle alla genovese*. Se me visse lamber os beiços com aqueles sabores tão pouco servo-croatas, Juliska sofreria a grande decepção de sua vida. Mas a verdade é que tudo estava uma delícia. Prometi a mim mesmo que minha dieta equatoriana seria frugalíssima, mas, até lá, me empanturrei — como diria o clássico (quem foi?) — sem pressa e sem pausa.

Depois das sobremesas, tive que responder como pude a exaustivos questionários da vovó Rossana sobre sua nova nora (por ocasião do casamento, eles tinham conhecido Sonia, mas muito superficialmente), sobre como se dava com o filho deles Sergio, sobre o namorado paraguaio de Elenita, sobre Mariana, se íamos nos casar e quando seria isso (claro que iriam ao meu casamento). Também perguntaram pelo outro filho, meu tio Edmundo, mas com certo desalento, porque ele nunca lhes escrevia. "É meio esquisito", murmurou a vovó. "Desde a morte de Adela, mudou bastante." "Ele a amava muito, deve ser por isso", tentou desculpá-lo o vovô. Comigo, o tio não era nada esquisito, e sim muito comunicativo, mas não falei nada porque não quis feri-los. Recordei que uma vez havia perguntado a Edmundo como se dava com os pais, e ele me respondera: "Eu os amo, claro, sempre amei, mas nunca pude me comunicar com eles. Sergio lida melhor com isso." A verdade era que os avós eram bacanas para um fim de semana, mas viver sempre com eles não devia ser fácil. Seu afeto (por outro lado, inegável) era absorvente demais.

No domingo, telefonei a Mariana. Antes mesmo que ela ouvisse minha voz, já soava em meu fone seu radiante: "Nepomuceno!" Confesso que tanta intuição me comoveu. "A cama está com saudade, eu estou com saudade, todos sentimos sua falta. Além disso, ontem andei vendo apartamentos e acho que encontrei um. E está ao nosso alcance roleteiro. Acho que amanhã vou dar um sinal. A ideia de nos casarmos está ficando atraente para mim. Além disso, posso trabalhar. Praticamente, já decidi, porque, se eu esperar me formar em veterinária, quando fizer o último exame já não restarão neste país nem vacas nem cachorros nem cavalos nem gente. Puxa, tenho tantas coisas para falar com você! E muito cuidado com as quitenhas, que têm sangue de índia e de conquistador, e isso dá uma mistura terrivelmente excitante. E, por favor, não as ensine a dançar tango, que eu já conheço você, hein?

Que eu me lembre, ela nunca estivera tão tagarela. Senti uma vontade louca de abraçá-la, de beijá-la, de tê-la comigo. Por que eu havia aceitado ir a Quito? O telefonema me saiu caríssimo, já que, quando ela se calou, por minha vez eu fiquei baboso e disse uma coleção de elogios melosos, totalmente estranhos à minha proverbial sobriedade amorosa.

A borra do café

Ao aeroporto só o acompanhou o avô Vincenzo, porque era segunda-feira e a avó Rossana teve de ficar a cargo do armazém de Caballito. Vincenzo opinava que era muito melhor viajar por mar e sobretudo — acrescentava rindo — chegar tarde ao porto e assim perder o navio destinado a afundar em pleno Atlântico. "Sim, claro", concordava Claudio, "mas reconheça que ir por mar de Buenos Aires a Quito é quase uma missão impossível".

Não foi fácil encontrar o guichê que admitia os passageiros do voo dele. Perguntaram em *Informações*, mas ali nem sequer conheciam o nome da Aleph Airlines. Por fim, quando Claudio já estava ficando nervoso, viram que num dos guichês havia um cartaz no qual estava escrito, com uma caligrafia muito rudimentar: Aleph (especial para Quito). Não havia fila, embora não faltasse muito para a hora de partida assinalada na passagem. De todo modo, aproximaram-se, e a atendente disse que efetivamente era ali que o passageiro devia se apresentar. "A questão é que o voo está atrasado em uma hora", disse a mulher, "mas mesmo assim o senhor pode despachar sua bagagem". Claudio não ia muito carregado, já que presumivelmente o seminário de Quito não duraria mais de uma semana.

Como deviam esperar uma hora, instalaram-se na cafeteria e pediram dois cappuccinos com croissants. O avô Vincenzo estava muito impressionado com o fato de Claudio comparecer a um seminário internacional. "Você vai conhecer gente muito importante." Recomendou-lhe estabelecer contatos que com certeza lhe seriam muito úteis no futuro. "Neste mundo de hoje, quem não tem contatos não progride. Veja o meu caso. Estacionei no que tenho, o armazenzinho que você conhece, e nunca pude dar um salto para diante, tudo porque não tive nem tenho contatos. *Sono troppo bizzoso** para estabelecer vínculos úteis."

Não tinham decorrido nem vinte minutos quando os alto-falantes anunciaram a próxima partida do voo especial 9131 da Aleph Airlines, e só três minutos depois informaram que aquela era a última chamada para esse mesmo voo. Foram quase correndo até o portão 7 e ali estava colocado o mesmo cartaz com o nome rabiscado da companhia. No total, deviam ser dez ou doze passageiros. "Você vai viajar com comodidade", disse o avô, e abraçou Claudio.

O avião parecia bastante confortável. Ele acomodou sua maleta de mão e prendeu o cinto de segurança. A decolagem foi tranquila. Claudio tinha vários cansaços somados. Os preparativos da viagem em Montevidéu, sua última noite com Mariana, a despedida em Carrasco, as suculentas refeições com os avós, os interrogatórios de Rossana, a conversa telefônica com Mariana, a dificuldade de localizar o guichê da companhia aérea, tudo isso se acumulara e agora que ele já estava no ar, seus olhos se fechavam. Nagasaki jazia, transformada em cinzas, em um cantinho do passado remoto.

Quando abriu os olhos, sentiu que uma mão pousava em seu braço. Eu conheço esta mão, pensou, antes de olhar para a esquerda. Era Rita, claro. "Claudio", disse ela. "Que surpresa encontrá-lo no meu voo." Só então ele atentou para o uniforme de aeromoça. "Lembra-se do que eu lhe disse, naquela vez no Sportman, que estava trabalhando como aeromoça numa companhia aérea? Pois é esta."

Claudio guardou silêncio. A mão de Rita desceu até a mão dele, puxou-a até seus lábios e a beijou, como no passado. Então ele disse: "Os tempos mudaram, Rita. Eu não sou mais o mesmo." "Tem certeza?" A mão de Rita fez um avanço mais íntimo e premente. "Estamos quase sozinhos, Claudio. Os outros passageiros, que são poucos, estão na parte traseira do avião."

---

* "Sou muito birrento." (N. da T.)

Rita levantou o braço da poltrona, que estabelecia uma mínima fronteira entre os dois assentos, e encostou seu corpo ao de Claudio. Com a outra mão, segurou-lhe o queixo e aproximou o rosto. Então o beijou na comissura dos lábios. Era sua senha. Depois beijou-o longamente na boca. A essa altura, a ereção de Claudio já lhe era insuportável, um reflexo físico que, por outro lado, ele não desejava. Mas o corpo tem suas próprias leis.

Então, pelo serviço de radiofonia, ouviu-se a voz do comandante: "Quem lhes fala é o comandante Iginio Mendoza. Bem-vindos ao voo especial 9131 da Aleph Airlines. Informamos aos senhores passageiros que dentro de 3 horas e 10 minutos estaremos pousando no aeroporto de Mictlán. Durante este voo será servido um lanche."

Claudio escutou aquela mensagem e sua ereção desapareceu. Com um gesto brusco, afastou a mão itinerante de Rita, separou "sua boca forte daquela boca débil" e perguntou em voz alta: "Que aeroporto ele disse?" Rita ajeitou o cabelo e sorriu levemente antes de responder: "Mictlán." "Mas não íamos para Quito?" "Íamos, sim. Agora vamos para Mictlán."*

Claudio ficou tenso. "E onde é isso? Em que país?" A outra mão de Rita, a que agora repousava no braço dele, tornou-se insuportavelmente fria: "Você já vai ver, Claudio, já vai ver."

"Posso lhe fazer uma pergunta?", disse Claudio. "Pode, claro. Eu não sou como a Esfinge. Eu respondo." "Você conheceu o Dândi, não?" "Sim, conheci. Lá no seu famoso Parque Capurro. Um grande cavalheiro. Mas decaiu." Claudio notou pela primeira vez que estava com a boca seca. Rita disse: "Algo mais?"

Claudio fechou os olhos e a pergunta continuou soando em sua cabeça como um disco riscado. Ainda vibrava, provocante, aquele decidido Algo mais? Algo mais?, quando ele teve uma obscura consciência de que estava adormecendo. Mesmo adormecido, olhou pela janela e teve a impressão de que o avião voava em espiral, ou melhor, sobrevoava uma e

---

* Na mitologia asteca, nível inferior da terra dos mortos. (N. da T.)

outra vez os mesmos lugares, mas estes apareciam sempre mais distantes, mais distantes. Em meio a uma neblina violácea, ouviu a voz de Rita, no café Sportman, dizendo-lhe que ela concebia a morte como um sonho repetido, mas não em círculos, e sim em espiral. A cada vez em que volta a passar por um mesmo episódio, dizia, você o vê a uma distância maior, e isso o faz compreendê-lo melhor. Mas o avião e ele mesmo passavam e voltavam a passar sobre os mesmos episódios, e ele não os compreendia melhor. Lá embaixo estavam o Dândi, semioculto pela linguiça prateada que era o *Graf Zeppelin*, e o pai lhe dando a má notícia na cozinha, e o rosto de sua mãe dentro do caixão, e a figueira fraternal cheia de pássaros, e o cego Mateo avançando com sua bengala branca pela rua Capurro, e a árvore do Hotel com sua coleção de iniciais, e os seios vibrantes de Natalia, e Sonia perguntando por que ele não se casava, e o tio Edmundo com seu mate, seu pátio e seu caramanchão, e Juliska chorando sem consolo. E quando o avião sobrevoava sua vida pela vigésima vez, então produziu-se em seu peito e em sua cabeça uma crispação ou um fragor ou uma deflagração e de repente ele se viu diante de um espelho que copiava seu próprio rosto. Constatou que este se transformara numa máscara trêmula, pálida, angustiada. Depois o espelho se afastou lentamente para assim refletir o busto inteiro, e no ombro direito apoiou-se uma mão delgada, quase esquelética, que no entanto era a de Rita. Não conseguiu tolerar aquela imagem e sem vacilar quebrou o espelho com a testa. Por sorte, do outro lado estava o corpo nu de Mariana, e ele conseguiu apoiar os braços naqueles quadris esplêndidos, próximos, mornos, e também conseguiu aproximar os olhos daquele umbigo único, de tango e de fruição, de trabalho e de folga, de jogo e desafio, de consolo e amor, e olhou através dele como quem espia pelo buraco de uma fechadura. E por aquele orifício carnal, maravilhoso, pôde finalmente ver o mundo, as ruas e as pradarias do mundo, um mundo com Nagasaki mas sem Rita, já era alguma coisa. E quando o buraco da fechadura voltou a ser o umbigo de Mariana, apoiou a testa contra ele e simplesmente murmurou: "Mariana e ponto."

Acordou quando de novo alguém tocou seu braço. Uma aeromoça. Mas não era Rita. "Vai querer o lanche, senhor?" Respondeu que sim com a cabeça, e ela lhe abriu a mesinha e depositou ali a bandeja com o café, os sanduíches e o suco de laranja. "O senhor se machucou na testa", disse a aeromoça, solícita. "Daqui a pouco eu lhe trago uns band-aids."

Havia começado a tomar o suco quando se ouviu a voz informativa: "Aqui fala o comandante Arnaldo Peralta. Comunicamos aos senhores passageiros que dentro de quarenta e cinco minutos aterrissaremos no aeroporto de Quito."

Quando a aeromoça voltou, ele perguntou se ela podia chamar sua colega. "Chama-se Rita", esclareceu. A moça o encarou, surpresa. Depois disse: "O senhor me desculpe, mas não temos nenhuma aeromoça que se chame assim. Minha colega é aquela gordinha, mas o nome dela é Teresa." Ele respondeu que evidentemente havia se confundido. Comeu os dois sanduíches com uma fome quase adolescente. Ainda lhe restava uma dúvida: em que momento havia começado a sonhar? E também uma certeza: de agora em diante, ninguém ia achar vestígios de Rita na borra do café.

1ª EDIÇÃO [2012] 1 reimpressão

ESTA OBRA FOI COMPOSTA PELA ABREU'S SYSTEM EM ADOBE GARAMOND PRO
E IMPRESSA EM OFSETE PELA LIS GRÁFICA SOBRE PAPEL PÓLEN SOFT DA
SUZANO S.A. PARA A EDITORA SCHWARCZ EM SETEMBRO DE 2020

A marca FSC® é a garantia de que a madeira utilizada na fabricação do
papel deste livro provém de florestas que foram gerenciadas de maneira
ambientalmente correta, socialmente justa e economicamente viável,
além de outras fontes de origem controlada.